GOBOOKS
& SITAK
GROUP©

GOBOOKS
& SITAK
GROUP©

三日月書版

三日月書版

死而復生
4
ＹＹ的劣跡
illustrator 生鮮P
三日月書版
輕世代
FW246

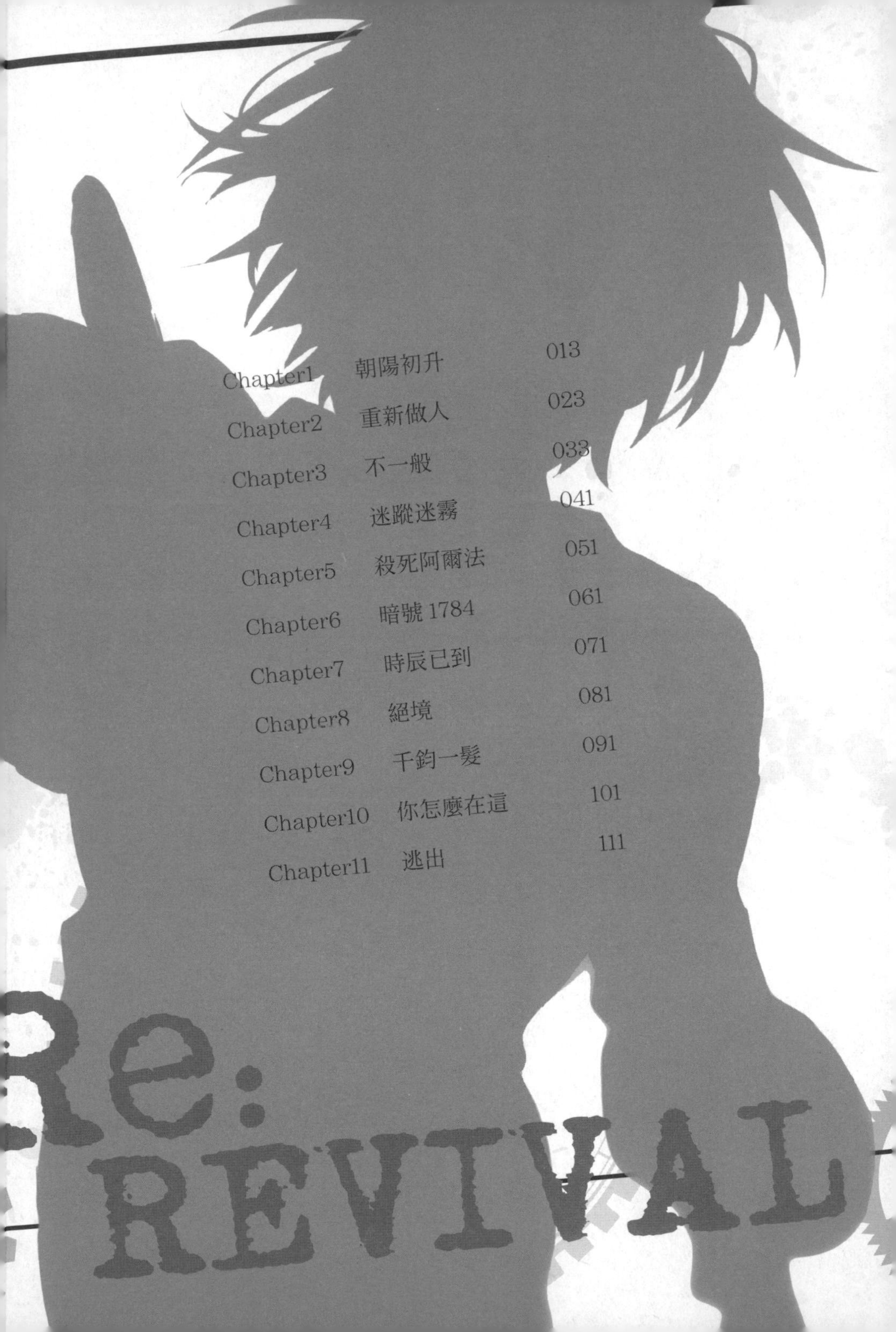
Re:
REVIVAL

Contents

陳霖
age:23
黑髮棕眸，面貌普通。
性格溫順，能夠很快適應環境。
突然來到幽靈世界的他異常順從著一切，
在服從的表面下，
卻醞釀著反叛的岩漿。
の淵から蘇る

唐恪辛
age: ?
黑髮黑眸，容貌英俊，眼角微微上挑。
在地下世界排位很高，
實力強大，被其他人所畏懼。
與外在冷酷形象不同，是個矛盾的人，
可以表現出文質彬彬的假象。
在遇到陳霖之前，
只是為了活著而活著的行屍走肉。
死

盧凱文
深棕色髮色和同色眼睛，身高175，
有雀斑，招風耳。
容易信賴別人也容易被人信賴，
有時即便故意裝作生氣，
別人也不會害怕。
偶爾也會有憂鬱的一面。
の淵から蘇る

阿爾法

金髮藍眸，身高183。
笑起來給人危險的感覺，
看起來是不易相處的性格。

Chapter 1

朝陽初升

由賽文下令，再從B級層層傳遞，集合的命令很快就傳達給還留基地裡的每一個幽靈。

他們預留了二十分鐘的集合時間，但是二十分鐘後，出現在地獄柱附近的身影，還不足三百個。這個數目甚至不到剩餘幽靈的三分之一。

「怎麼，其他幽靈還沒趕來嗎？」

陳霖身後，得到消息的盧凱文和胡唯都站在那。陳霖已經將自己所知道的情報全都告訴了他們，這種時候，能多一分助力便是一分。

對於沒有過來集合的幽靈，盧凱文總是從善良的一面去想，不過在胡唯眼裡，就不是這麼一回事了。

「時間到了。」

他對陳霖道：「不想來的傢伙不會來了，不用等。」

地獄柱大廳內站了滿滿的三百多個幽靈，而大廳外果然沒有其他身影，陳霖點頭，對身邊的老么道：「可以出發了。」

「等等。」胡唯喊道，「這麼多幽靈，我們準備怎麼離開？」

「現在還安全的出口共有三百多個，離我們最近而且又隱蔽的出口只有不到十個，我們分批從這些出口離開。」老么道。

「分批？怎麼分？是由B級帶隊，還是按照各個職業分散？做過規劃沒有？」

「這……」

老么和陳霖面面相覷，時間緊迫，他們沒想這麼多，只是想著趕緊安全撤離再說。

「我就知道。」胡唯嘆了口氣，「這三百多個幽靈到了地面後該怎麼安置，你們難道沒想過？要是一出去就引起騷動，豈不是功虧一簣。」

陳霖道：「你有什麼主意？」

「我的確實有一個主意，不過不知道你們願不願意。」胡唯看向老么和賽文。

賽文皺眉，他不喜歡這個說話遮遮掩掩的小子。

「你說。」

「我剛剛數了一下，這三百號幽靈裡一共有十八位『替身』。我的意見是讓每個替身加入不同隊伍，帶其他幽靈離開。作為替身，他們對地表瞭解得更多，也能幫助其他幽靈掩飾行蹤。」胡唯道：「最關鍵的是，為了以防萬一，即使在非任務時期，每個替身都有兩個以上的備用身分。現在，就是利用這些身分的最好時機。」

「既然這樣……」

「我還沒說完。」他打斷老么，「除了替身本人，其他人都不知道那些備用身分是什麼，所以我們得再加一層保險。每支隊伍裡都要安插一名足以信任的幽靈，負責聯繫外部和監督內部。而這些信得過的幽靈嘛……」

說到這裡，胡唯笑了。

「你們有沒有推薦人選？」

老么和賽文對視一眼，信任這個詞語在地下世界幾乎絕跡了，他們從來只有利益合作，沒有信任。

「沒有？」胡唯道：「你們沒有推薦的話，我這裡正好有一些人。」

他指著陳霖道：「和我一樣跟隨著隊長的幽靈一共有十九個，將他們分散到各隊伍裡綽綽有餘。還是說你們不相信他們？」

陳霖看了他一眼，道：「我相信他們。」

「那麼這兩位呢？」胡唯話鋒轉向老么和賽文，「遲遲不回答，是不相信他們，還是有其他想法？我們時間不多，請盡快作出決定。」

老么緊緊盯著胡唯，又看了看在一旁好似無動於衷的陳霖，輕笑一聲。

「好吧，反正都是你說了算，我只能認同。」

賽文也沒有別的選擇。

「那好，我先去分配隊伍，速戰速決。隊長，你也一起來。」

看著胡唯將陳霖帶走，一直沒出聲的賽文終於忍不住。

「為什麼要答應他們？」他問老么，「這是擺明是讓陳霖奪走掌控權，以後我們想再拿回這些力量，就沒那麼容易了。」

「我知道，但是有別的方法嗎？」老么笑了笑，「陳霖那傢伙看起來人畜無害，手下的厲害角色可不少。」

賽文不同意道：「他要是人畜無害，剛才就不會任由他的隊友大放厥詞，還裝作一臉無辜。」

「誰沒有野心？」老么看著不遠處安排隊伍的陳霖，低聲道：「沒有野心的人，根本無法在這個世界生存。」

另一邊，陳霖分好了十八支隊伍，撤離的時刻到了。

其餘並不打算離開的幽靈們在暗處悄悄觀望，見到陳霖他們集合了人馬後，又從地獄柱的通道裡四散而去消失不見。

「他們去哪了？」一個幽靈問。

「誰知道。」另一個幽靈冷冷回道，「躲到地面上又有什麼出路？何況有外敵入侵也是他們的一面之詞，肯定是想把我們都騙出去，誰知道那些傢伙打什麼主意。」

「但是我們真的不做準備嗎，萬一真有入侵怎麼辦？」

「放心，地底的防禦設備這麼完善，敵人想入侵只是自討苦吃。」

問話的幽靈點了點頭，他看著周圍的其他幽靈們，須臾，悄悄地離開。

幽靈們從來不喜歡聚在一起，他們彼此之間沒有信任。

這個獨來獨往的幽靈在幽暗的通道間前進，回想著最近發生的一連串事情。

A級行蹤不明，B級準備撤離，這麼多的反常情況，同時意味著機會！

這是他第一個想法，很多不願意離開的幽靈也是這麼想的。

A級和B級相繼離開，意味著偌大的地下世界就沒有更高層的幽靈，將全部歸屬他們了。

他興奮地想著，這有什麼不好呢？

幽靈為充滿未知的未來激動著，他決定先回房間休息片刻，再為之後的事情做打算。

可是左腳才踏入走廊的陰影，一股寒意就從後頸升起。

「誰——」

一個字都沒說完，喉頭一陣刺痛，鮮血濺出。

倒地時，時間彷彿被拉長了無數倍，他瞪大眼睛看著最後的情景。刺殺他的黑影身後湧出更多黑影，他們四散而去，湧向這個毫無防備的地下世界。

入侵，開始了。

唐恪辛揮去長刀上的血跡，眼前的敵人緩緩倒下，他的眉頭卻依然緊皺。

「真可惜，來晚了。」阿爾法趕了過來。

他們面前有一處被破壞的入口，敵人已經強攻進去。

阿爾法問：「怎樣，還要繼續嗎？」

唐恪辛張嘴正準備說話，胸前突然傳來一陣震動。他低頭查看，只看到兩個字。

「安全。」

和他之前發送過去的訊息一模一樣。

唐恪辛不知道自己現是怎樣的表情，他從未體驗過這種極度緊張後驟然鬆了一口氣的感覺。

站在他身側的阿爾法卻是怪叫起來。

「天啊，你竟然笑了？自從我和你認識以來，沒見你笑超過兩次！」上次還是唐恪辛完成了高難度任務後，難得露出的一絲笑意。不過那個笑容和現在這個完全不一樣。

「我經常笑。」唐恪辛鄙視他的少見多怪，「只是不想笑給你看。」

他沿著眼前被敵人破壞的入口，進入地下世界。

「哼，我知道你肯定經常笑給你的小室友看。」阿爾法抱怨他的不公，「等等，你還進去幹嘛？現在已經來不及了。」

「去殺人。」

唐恪辛簡單回覆。他手中的長刀和他自己，都需要發洩。

「真是個瘋子。」阿爾法笑了笑，跟著唐恪辛一同進入地下世界。

深海之下，幽靈們沉入地底，而在百米之上，太陽從海平面爬起。初升的朝陽，似乎總是帶著熱鬧的喧囂，宣告著未來的腥風血雨。

劉菀宜在一陣吵鬧中醒來。她揉了揉眼睛，從床上坐起。

砰砰咚咚的響聲，以及低聲交談聲從大門外傳來，走道裡的動靜不小。難道是對門有新鄰居搬來了？

自從開火鍋店的夫婦搬走後，劉苑宜家對門的那間房子一直空著，明明地段不錯，卻一直沒有人來看房，總覺得有點奇怪。

這次搬來的新住戶，會是什麼人呢？

劉苑宜穿好衣服，走過大廳，一把打開大門。

「這邊動作小心點，不要撞到門。」

「對了，那邊的東西也幫我注意點，別打碎了。」

門口一片熱鬧，果然有新鄰居搬過來了。她探頭望了幾下，很快引起新鄰居的注意。

「早安。」

一個好聽的磁性嗓音傳來，順著聲音看過去，是一個面容清俊的年輕男人。

他臉上帶著無害的笑容，道：「妳好，我們是新搬來的住戶。」

他身邊站著一男一女，全都看著劉苑宜，眼中盡是笑意，似乎對這個一大早探頭出來的小女孩很好奇。

劉苑宜窘迫了起來：「早，我住你們對面。我、我叫劉苑宜。」

「劉小姐妳好，我是陳霖。」

年輕男子伸出手對她微笑。

「希望我們相處愉快。」

Chapter2

重新做人

一隻狼，要想要不引起羊群的注意，最好的方法就是偽裝成一隻羊。同樣的，幽靈們若是想重回社會而不引發騷亂，也只得選擇重新「做人」。

做鬼容易，做人難。

對於習慣了地下生活的幽靈來說，要讓他們再次適應正常的社會規則，恐怕不是一件容易的事。為了不露出馬腳，每支小隊的幽靈都必須先派出一個成員與外界溝通，其他人則待在安全的地方靜觀其變。

即使是陳霖這組，搬到新居後也很少外出。

於是，十一棟三〇四房的屋主和他的親戚都不愛出門整天悶在家裡，這個消息很快在社區內傳開。即便在鄰居中引起了小小的注意，但是事態的大致發展還是陳霖他們的掌控中。

「怎麼樣？」

見陳霖從屋外帶了食物回來，坐在桌前的許佳連忙問：「被發現沒有？」

陳霖好笑，「不要這麼一驚一乍的好不好，我只是去取外送的餐點。」

「不是一驚一乍，這是必要的警戒。」許佳道，「外送服務生很精明的，肯定能看出客人的不對勁，說不定回去還向同事吐槽我們。還有隔壁那個敏銳的小女生，可能也會發現什麼。喂，那個誰誰誰，你說是不是？」

那個誰誰誰從電腦前抬頭睨了她一眼。

許佳被惹惱了，她腦筋不太靈活，但是對方眼神裡毫不掩飾的睥睨她還是看得出來。

「難道不是嗎？上回可是你說那個小女生不好對付，我們都差點被看穿。」

「此一時彼一時。」胡唯抬起頭，道：「上次劉菀宜是心裡早就有所防備，再加上老劉突然在附近出現，她當然會多想一些。這次我們沒有去招惹她，她怎麼會平白無故懷疑我們？」

許佳啞然，她的確是過度防備了，不如說最近她的神經一直繃得很緊，沒鬆懈下來過。

「好了，先吃飯吧。」

陳霖把餐點拿出來，擺到桌上，順便問了一句。

「現在情況怎麼樣？」

與其他小隊的交流，以及追查地下世界近況的工作，一直都是由胡唯負責。

「除了因為太久沒出來，鬧了些笑話外，其他都還好。」胡唯夾了塊魚香茄子，「目前除了替身，其他幽靈在安排好不引起他人懷疑的身分前，都不能外出。對了，還有盧凱文那個小子。」

「他怎麼了？」

「他早上發訊息說，抗議和 U-B011 分在同一隊，申請調離。」

陳霖聽了一笑，「告訴他，申請駁回。」

B-B011 是老么離開地下世界前最新的排名，而盧凱文很不幸地和老么及賽文分到同一組。和這兩個幽靈同組，在安全上是有保障了，但是盧凱文每天都被老么調戲得苦不堪言。

「還有，下面的最新情況……」胡唯頓了頓，道：「實際上，從昨天開始，我就收不到下面的情報了。」

陳霖心頭一跳，抬眼望去，正好和胡唯的視線相對。

即使到了地表，胡唯還是可以通過地下世界的人脈收集情報，現在情報鍊斷了，這意味著地下世界沒有再向胡唯提供情報的幽靈了。

換句話來說，地下世界的幽靈已經全軍覆沒。

即使早知道可能會有這個結果，陳霖還是忍不住嘆了口氣。地下世界偌大基業，說毀就毀，這個世界真實得夠殘酷。

「這一次，我們算是徹底無家可歸了。」胡唯笑道：「有什麼感想？」

「可以想做什麼就做什麼了？」許佳抬頭望天。

「那些想法妳留在腦袋裡就好了。」胡唯笑咪咪道。

「那……回家看看父母？」許佳小心翼翼地問。

「不怕他們認為是詐屍的話儘管回去。還有，我再警告妳一次，即使地下世界被外部力量入侵，並不意味著制約著我們的力量不存在了。」胡唯警告道，「我們為了保命逃出地下世界，有些人可以視而不見，但是做出超過他們容忍底線的事情，就會給自己招來麻煩。」

「那不還是只能老老實實當幽靈嘛！」

「這要看妳怎麼想了。以前我們化身幽靈是身不由己，而現在，在一定的範圍內還是可以做自己喜歡的事。」胡唯笑道：「比如利用幽靈的能力，解決掉看不順眼的傢伙，順便賺一些外快。再者，也可以偷偷報復還活著時，欺負過妳的傢伙。」

胡唯知道許佳的身世，這個被正室妻女排擠的私生女，難道心裡就沒有報復的想法？

許佳鄙視他，「你想的盡是一些齷齪事。」

胡唯欣然接受表揚。

陳霖開口問：「有沒有他們的消息？」

胡唯停下和許佳的爭論，看向他。「A級？」

陳霖點頭。

「A級的消息，沒有，不過大致能猜到他們的去向。如果你想知道的是具體的某個A級的消息，我就拿不到了。」胡唯似笑非笑，「畢竟我不是神仙，猜不到每一個A級的動態。怎麼，他沒有聯繫你嗎？」

這個「他」指誰，在場三個幽靈心知肚明。

陳霖搖頭，「從逃出地下世界的那一天起，我就沒再收到他的訊息。」

「他們對外聯繫的訊號被遮蔽了？」

「應該不是。」

「那麼，就是他出了意外……好吧，我承認這個可能性很小。」看見陳霖的臉色，胡唯連忙改口道：「應該是第三種可能。」

他看向陳霖，道：「他不想，或者說不能聯繫你。」

陳霖思考著這個可能，憑唐恪辛的能耐，究竟是出了什麼狀況讓他決定不聯繫自己呢？不知為什麼，陳霖腦袋裡第一個想到的就是阿爾法。

算了，這不是目前最該頭疼的問題。來到地表快一週了，初步安頓下來後，新的問題接踵而來。

幽靈們有些蠢蠢欲動。

對他們來說，這次是真正沒有束縛地回到了這個世界，他們能怎麼做，要怎麼做，都幾乎可以隨心所欲。

沒有規則束縛住這些幽靈的話，會給人類社會帶來意想不到的麻煩。

現在還好，幽靈們還沉浸在地下世界被攻破的驚懼和回到地表的驚喜中，可是一旦等他們回過神來，陳霖還制得住他們嗎？

俗話說，隊伍大了不好帶。這支人數過百的幽靈團隊，也是一把雙刃劍。用得好，可以所向披靡；用不好，則會玩火自焚。

困擾他的事情，可是一點都不少啊。

「我覺得，是時候灌輸危機意識給他們了。」胡唯道，「比起安逸，危機更加能促進團結。當然，前提是幽靈有團結這個概念。」

危機？

陳霖靈光一閃。

「禿鷲。」

他只說了兩個字，胡唯就明白了他的意思。

「好主意。」

陳霖說：「那就這麼定了。」

「具體怎麼安排，由我負責聯繫吧。」

「嗯。」

「等等，你們究竟在說什麼？」許佳一頭霧水，「什麼騷動，什麼危機，還有這關禿鷲什麼事？難道他們發現我們逃出來了，還要對我們動手？」

「他們未必沒有發現。」陳霖道：「只要是攻下地下世界的人，都會發現幽靈的數目不對，繼而發現有部分幽靈提前撤退了。不過他們會不會這麼快對我們動手還不知道，只要告訴其他幽靈，禿鷲正準備對我們下手就可以。」

「什麼意思？」

「外患解決內憂。在有外敵的情況下，內部才會比較穩定，至少這樣一來我們不用擔心幽靈的內部出現問題。」胡唯道：「換句話說，讓他們安分一點。」

「你好奸詐！」

「這個主意是陳霖想的。」

「隊長真是睿智！」許佳立刻改口，豎起大拇指。「諸葛亮再世。」

陳霖微笑，胡唯暗罵這姑娘見風轉舵，真是賣得一手好萌。

「叩叩。」

就在此時，房門被人敲響。在場幽靈的心都跳了一下。他們初來乍到，人生地不熟的，誰會上門來找他們？

找你的？許佳瞥了胡唯一眼。

肯定不是。胡唯眼神回應，又看向陳霖。

陳霖搖搖頭，決定身先士卒，是敵是友也得打探了才知道。

他往門口走了兩步，敲門聲又響了起來，不過這次節奏不太一樣。不輕不重地敲了兩下，就好像敲在心頭，令人心癢癢的。

陳霖一愣，這敲門的節奏有些耳熟。

叩叩，叩，叩叩。

兩快一慢，兩長一短，似乎不久之前，某個傢伙餵金魚的時候，也會下意識地這樣敲魚缸。那時陳霖每晚都被這個節奏吵醒，然後看了看蹲在魚缸前的背影，才再次緩緩入睡。

說起金魚，這次撤退得匆忙，沒能把他的寵物一起帶出來，他會不會來興師問罪？

一掃之前的緊張，陳霖在另兩個幽靈的奇怪眼神下，帶著笑容開門。

他知道，站在門外的是誰。

打開大門，門外是一張再熟悉不過的面孔。

那人看見他，只說了四個字。

「我來找你。」

Chapter3

不一般

你來找我。就這麼一句話？

如果換作是其他人，陳霖倒要好好問一問，之前怎麼不聯繫？怎麼知道自己在這裡？

然而，他只是嘆了口氣。他知道如果對方不願意，自己也不能從他嘴裡撬出來什麼。

陳霖側身讓出位置，讓他進了屋。

「哦，哦！老大！」

許佳一見唐恪辛就驚呼起來。說來好笑，她稱呼陳霖為隊長，對唐恪辛竟然喊老大。

「A007。」胡唯卻是直呼唐恪辛的編號，皺了皺眉。

「請問，你是怎麼找到這裡的？」

唐恪辛看懂他眼裡的戒備，又看了看身後關門的陳霖，道：「定位。」

陳霖的手環不僅可以用來通訊，上面也安裝了單方面的定位系統，只要唐恪辛樂意，隨時隨地都能找到陳霖。

胡唯瞭然，若有所思地看了他們兩個一眼，不再說話。

陳霖走了過來，上上下下地打量唐恪辛，見他身上沒有明顯的外傷，心裡稍微鬆了口氣，緊接著又問。

「我想知道，你為什麼到現在才來？在你來之前，究竟發生了什麼事？」

唐恪辛望著他。

陳霖說：「我不是質問你，只是我們現處境危險，必須考慮到每一點。」

唐恪辛突然覺得只是一個多月沒見，陳霖似乎有些變了。一個月前的陳霖還不像現在這樣，背負著沉重得擺脫不掉的責任。

唐恪辛想了想，道：「兩天之前，我們在地下遇到了禿鷲。」

陳霖心裡一緊。

「我和他們打了一場。」唐恪辛輕描淡寫道：「在對方的主力部隊圍上來之前，我從附近的出口脫身，但是還是被對方盯上了。」

另外三個眼皮一跳，看向唐恪辛。

「不用擔心。」唐恪辛道：「我用了一些小方法甩開他們，現被追的是阿爾法。」

「不會是……」

「嗯，我用阿爾法做誘餌，擺脫他們。」唐恪辛不以為意道。

想到阿爾法被窮追不捨的場景，陳霖想像不出倒楣的究竟是阿爾法，還是追趕他的那些傭兵?從某個角度來說,和變態級別的阿爾法對上,很少有人討得了好。

「所以,我擺脫追兵之後,才上門找你。」唐恪辛道,「這樣比較安全。」身後的胡唯輕笑一聲。

「安全?」他笑,「你從地下趕過來,應該親眼見過地下世界被他們入侵的場景吧。其他A級都不知道躲哪去了,我們怎麼可能說得上安全?他們遲早會找上門來。」

唐恪辛眉毛動了動。他記得這個說話不討喜的傢伙是陳霖的隊友,看在這分上,他決定保持沉默。

胡唯渾然不知自己逃過一劫,還想再開口,陳霖連忙出聲阻止。

「好了,唐恪辛才剛來,讓他休息一會。」陳霖道,「其他事情可以之後再慢慢討論,不急於一時。」

胡唯不置可否,沒再出聲,陳霖這才鬆了一口氣。

他不是沒看出唐恪辛的表情,這位室友從來不是什麼善類,被頂撞了還會安安靜靜。要是胡唯再多說幾句,指不定剛剛從地下屠殺一番回來的唐恪辛,就忍不住動手了。

「去哪休息？」唐恪辛問。

「嗯……」環顧了房子一圈，陳霖道：「去我房間吧，我收拾收拾，先讓你睡一會。」

唐恪辛即答，「好。」

陳霖的房間在東邊向陽處，此時正是中午，陽光照得屋裡一片亮堂。他拉上窗簾，屋子這才暗了下來。

他轉過身，驀然發現唐恪辛就緊站自己身後，像個背後靈一樣。

「有事？」

唐恪辛沒有說話，只是那雙眼睛一直盯著陳霖，一動不動。

陳霖覺得氣氛似乎變得有些詭異，就在這個時候，唐恪辛動了！

只見他的身體緩緩前傾，慢慢貼近陳霖，越貼越近。陳霖看著唐恪辛的臉距離自己越來越近，僵硬得不敢動作。直到最後，唐恪辛的頭輕輕靠在他的肩膀上，陳霖莫名地顫了一下。

唐恪辛還是沒有出聲。

陳霖感覺到壓自己身上的力量越來越大，好像唐恪辛把全身的重量都放自己身上。

「呼，呼呼……」

耳邊傳來一陣輕微而規律的呼吸聲，他僵立當場，幾秒後無奈地苦笑，輕聲道：「這傢伙，竟然站著睡著了。」

陳霖小心翼翼地托起唐恪辛的頭，不知道是不是感覺到了陳霖的動作，還是沒有睡得很深，唐恪辛動了動眼皮，似乎要醒了。陳霖的手立刻停住，就著托起唐恪辛下巴的姿勢，一動也不敢動。

過了一會，唐恪辛輕微的呼吸聲再次傳來，他側著腦袋，蹭了幾下陳霖的手心，又睡了過去。

之後，不知費了多大的精力，陳霖才在不吵醒唐恪辛的前提下，將他搬運到自己床上。做完這一切後，他發現自己的後背已經被汗浸濕了。以前執行任務的時候，也很少這麼累過。

陳霖無奈地看著唐恪辛睡得好似毫無防備的側臉。

真的那麼累嗎，竟然倒頭就睡？

不過仔細想想，唐恪辛先是被敵方圍困，又去地下世界大鬧了一番，之後還要擺脫追兵。這麼連番下來，又沒有休息，鐵人都會累趴吧。

看著唐恪辛安靜的睡臉，陳霖覺得這個傢伙還是睡著時最令人安心，不像平時，就像一個隨時會爆炸的原子彈，讓人膽顫心驚。

為唐恪辛蓋好被子，陳霖起身出門。

喀嗟一聲，門關上了。

過了好一會，躺在床上的唐恪辛睜開眼睛，望著陳霖關門的方向。那雙黑眸裡閃過一些複雜的情緒，然後再次闔上眼。

這次，他是真的休息了。

陳霖剛出門，胡唯就圍了上來。

「怎麼樣，他什麼反應？」

「睡著了。」陳霖回答。

「睡著了，就這麼一會？」胡唯眼睛瞪得老大，許久，才輕輕一笑。

「看來，我這一注沒有賭錯嘛。」

許佳在背後鄙視他，「就知道你剛才說話那麼奇怪，一定又是在打什麼算盤。」

「這叫計謀。好不容易來了一個超級打手，當然要試試看他能被我們利用到什麼地步。以他對隊長的信任度，似乎是我們占了上風啊。」

陳霖不知怎麼有些煩躁，但是他無法反駁。胡唯說的不對嗎？其實最初他和唐恪辛共處一室，兩人就是互相利用的關係。

只不過被這麼明明白白地說出來，他心裡卻不怎麼舒坦。他好像不想將「利用」這個詞施加在唐恪辛身上。

「怎麼了，隊長，你心情不太好？」

「沒什麼。」陳霖道：「我出去晃一晃。」

「哦，小心點。」

看著陳霖離開，胡唯臉上又掛起一抹笑容。

許佳打了一個寒顫。

「你又在想什麼餿主意？」

「真是冤枉，我只是想，這兩個人的關係真好。」胡唯說著，收斂了笑容。

「這件事對我們來說，不知道是好是壞。」

另一邊，陳霖下樓走出社區，突然覺得有些不對勁。

明明是大中午，社區裡卻安靜得不太尋常。他不動聲色地將右手塞進口袋，裝作什麼都沒有注意到繼續慢慢走著。

他決定不先回去，轉幾個彎，甩掉身後的跟蹤者再說。

然而剛過轉角，他就迎面撞上了一個意料之外的人。

Chəpter4

迷蹤迷霧

「陳叔叔！」劉菀宜嚇了一跳，「你怎麼在這？」

今天是週末，女孩還背著書包，看樣子是剛上完輔導課回來。不過，現在似乎離下課還有段時間。

陳霖先是一愣，接著有些無奈，他這輩子還是第一次被人叫叔叔。自己有那麼老嗎？

「沒什麼，我出來散散步。小宜回家嗎？」

「嗯，叔叔你繼續，我先走了。」

陳霖點點頭。

沒想到會遇到劉菀宜，他不想把無辜的人牽扯起來，這個時候說越少話越好。不過，如果他真的被人盯上了，那些人會這麼輕鬆地放過劉菀宜嗎？

陳霖想了一秒。

「等等，小宜！」

劉菀宜困惑地轉過身，「還有什麼事嗎，叔叔？」

「沒什麼。」陳霖笑了笑，「今天風大，回家的路上小心點。」

「……好，謝謝。」

看著女孩走遠，陳霖沒再停留，繼續繞圈。如果許佳說的是真的，如果劉菀宜夠聰明，會明白他話裡的意思的。

他不想把這個無辜的女孩牽扯進來，尤其她還是老劉的女兒。出於某種不明的愧疚心理，陳霖稍微提醒了劉菀宜，也為自己留下一條後路。

走出巷口，社區大門近在眼前，不遠處就是熙熙攘攘的馬路。只要到了那裡就不容易被下黑手了。陳霖這麼想著，加快腳步。

就在此時，有兩個看起來像上班族的年輕人從社區門口進來，他們一左一右進入，恰好堵住了陳霖的出路。

陳霖腳步一頓，果斷地決定後退，不和這兩人接觸。就在此時，附近傳來一個似笑非笑的聲音。

「這麼巧，竟然又見面了。」幾步開外，一個年輕男人正笑著走近。

「你說，這是不是一種緣分呢？」

對方戴著褪色的棒球帽，出一抹無害的笑容。

邢非！

二十分鐘前，劉菀宜提前結束輔導課回家；五分鐘前，她偶遇對門的新鄰居，聊了幾句；兩分鐘前，快要走到自家大樓時，她停下腳步，抬頭看了看天空。

三月初，天氣已經開始回暖了。今天一點風都沒有，社區內安靜得有些詭異。

劉菀宜走過拐角，看見對面走來一個穿著社區警衛制服的男人。

他似乎在尋找東西，不停四處張望，因為劉菀宜剛好在視線盲區，男人暫時還沒有發現她。

劉菀宜心裡一跳，下意識地躲了起來。她仗著身子嬌小，躲進附近一輛轎車後方，想想不安全，又摘下書包，鑽到車子底盤下面。

她也不知道為什麼要這麼做，只是心裡隱隱有一種感覺警醒著她！

那個陌生的警衛逐漸走近，在車子附近徘徊了幾圈，一直沒有離開。劉菀宜的心跳越來越快，不知為何，她就是覺得這個男的在找自己。

劉菀宜想起在巷口遇到陳霖時，對方那句莫名其妙的話，現在想來似乎是某種暗示。

難道說，這個男的會找上門是因為陳霖？而陳霖早預知到了目前的情況，才給自己提示？

劉菀宜覺得自己又陷入了一團迷霧之中。這種感覺幾個月前也有過一次，那時她在樓下見到了疑似父親的人，之後對面的夫婦就搬走了。

那陣子她的心跳總是不平穩，似乎有一張無法看見的巨網將自己籠罩在內，現在，這個感覺又回來了。

陳霖，那個新搬來的人，究竟是什麼身分？

幾步之外，警衛模樣的男人似乎放棄了，轉身向遠處走去。

劉菀宜沒有立刻從車子底下出來，她安靜地又等了好一會，果然，幾分鐘後，那個男人去而復返。在附近看了一圈後發現還是一無所獲，他嘖了一聲，這次是真的離開了。

劉菀宜還是不放心，又等了十分鐘才從車下爬出來，身上和臉上都蹭到了黑黑的汙漬。她飛快地四處張望，像隻小貓一樣迅速地跑進大樓內。

一口氣爬了好幾層樓，劉菀宜在家門前停了下來，她大口喘著氣平復心跳，用鑰匙打開家門。這時，不知是腦海裡哪個念頭觸動了一下，劉菀宜沒有推開大門，而是拔出鑰匙，轉身敲響對面鄰居的門。

「誰啊？」

門內傳來一個男人的聲音，門隨即打開。

劉菀宜認得他，這個男人總是和陳霖一起行動，記得好像是他的表哥？

「你、你好。」對於這個男人，劉菀宜莫名有些畏懼。

劉苑宜？這女孩找上門來幹什麼？胡唯心裡嘀咕，表面仍舊裝作一副和藹可親的模樣。

「是小宜啊，找叔叔有什麼事嗎？」

他的語氣，讓劉苑宜幾乎下意識地就要大退幾步。可憐某人還以為自己裝得很和善，卻不知在女孩眼裡，他就像是心懷不軌的大壞蛋。

不過該說的話還是要說。

「我剛才在樓下遇見陳叔叔，看他神色好像不太對勁，所以來跟你們說一聲。我不知道叔叔後來去哪了，就是這樣，再見！」

一口氣說完，劉苑宜趕緊開門回家，好像身後有看不見的野獸在追趕她一樣。

「等等！」胡唯喊了一聲。

可是只見女孩用力關上門，不給他再次詢問的機會。

她剛才說什麼，陳霖神色不對勁？

胡唯還在出神思考時，身後傳來一道冷冷的聲音。

「讓開。」

唐恪辛不知什麼時候站在後方，精神抖擻，整裝待發，完全不像是剛才還在陳霖房間裡呼呼大睡的模樣。

「讓開。」他不耐煩地又重複了一遍，眉間隱隱顯出一個川字，看起來心情不怎麼好。

胡唯小心地試探著，「隊長他出事了？」

唐恪辛瞥了他一眼，下一秒，從他讓開的空隙飛奔了出去，眨眼就不見蹤影。

「怎、怎麼了？」直到這時候，許佳才慢一拍地出現。「老大怎麼又走了，難道隊長又不見了？」

胡唯沉著臉，思考了一秒。

「妳去聯繫賽文他們。」

「嗯？」

「也許，禿鷲已經找上門了。」

對方竟然準確地找上了他們的駐地，看來其他小隊也很危險。

至於陳霖，胡唯並不擔心，如果連唐恪辛出馬都無法帶回陳霖，其他人去再多也沒用。

何況，經過這段日子，陳霖不再是那個弱得總是需要幫助的幽靈了，他不會這麼輕易就被人帶走。

希望你平安無事啊，隊長。

胡唯關上門，他還要聯繫隊伍裡的其他人。

陳霖醒來時聞到了一股熟悉的花香，似乎以前，或者更早的時候，他就曾經聞過這股香味。是什麼花呢？

「醒了？」

身旁傳來聲音，他側頭看去。

「阿爾法！」

「是不是該說聲早安呢？親愛的陳霖。」阿爾法一如既往地不正經，笑嘻嘻地道。

陳霖卻笑不出來。

「怎麼……他們怎麼這樣對你？」

他實在想像不出，阿爾法的神經究竟粗到什麼地步？被吊在半空中，帶著滿身鞭痕都能這樣自然地笑著，他難道不知道疼痛為何物嗎？

「這樣？」阿爾法的臉上也有血痕，笑起來有些猙獰，「這算是回報吧，為了感激我當日的舉動，他們給我一些小小的回禮。」

他們？指的是禿鷲嗎？果然這次是禿鷲找上門來了，不知道胡唯和唐恪辛他們有沒有事。

「說起來，你這是第幾次被抓了？還真是毫無長進啊。」阿爾法戲謔道，「你就像個永遠不能斷奶的小孩，照顧你的人會很累的。」

陳霖忍了忍頭上的青筋，自己剛才同情這個傢伙根本是浪費感情。

「不勞你費心，我的問題我會自己解決。」

「口氣不小。」阿爾法笑了笑，突然眼前一亮。「喂，我們打個商量怎麼樣？」

陳霖防備地看著他，不知道這個瘋子又打什麼主意。

還沒等他回話，外面傳來鐵門打開的聲音，緊接著響起數人的腳步聲，越來越近。

這時，只聽阿爾法壓低聲音道：「等他們過來，你就沒有機會了。快點，我們做個交易如何？」

迎著陳霖困惑的視線，阿爾法興味盎然地瞇起眼睛，舔了舔嘴邊的血跡。

「來，殺了我。」

Chapter5

殺死阿爾法

阿爾法催促道：「快點！」

不遠處傳來的腳步聲越來越響，留給他們的時間已經不多。

「為什麼要這麼做！」陳霖警戒道：「你究竟在打什麼主意？」

「一個讓我們都能安全離開的主意。」阿爾法露出惡魔般的笑容，誘惑道：「來啊，來吧，只要殺了我，你就能安然離開這裡，不好嗎？」

陳霖只覺得他在發神經，阿爾法的不定期瘋癲又發作了嗎？

見陳霖還不打算動手，阿爾法沒耐心了。

「你還猶豫什麼！」他道，「你不是一直都很討厭我嗎？上次在崖壁，要不是唐恪辛攔著，想要趁機對我下手的人是誰？當時那麼想了結我，怎麼現在給你機會又不動手！來啊，對著胸口狠狠捅下去！」

陳霖心裡一驚，上次他的小動作，阿爾法竟然全都看眼裡嗎？當時阿爾法裝作一無所知，如果不是唐恪辛及時阻止，那麼後果……

「啊，差點忘了。」阿爾法笑道：「我差點忘記你是個多麼虛偽的偽君子，在這種情況下要你對我動手，你那虛偽的道德感會作怪吧。你覺得我現在處於弱勢，就不屑對弱者下手了，是嗎？」

他盯著陳霖，眼裡露出瞭然的神情。

「真是個假好人，你以為自己很高尚、很偉大？喂，不如我告訴你一個祕密如何？」阿爾法輕聲道：「聽了這個祕密，你一定會迫不及待地對我下手，想不想聽呢？」

見陳霖沉默不語，阿爾法笑著道：「你想不想知道，當初自己被拉進地下世界的原因？」

一瞬間，陳霖的呼吸都快停止。

來到地下世界的原因？對！自己來到地下世界的原因是什麼？即便當時他已經陷入了自我厭惡的厭倦情緒中，也不過是普通眾生的一分子，這個龐大的地下世界為什麼偏偏選中他？

陳霖緊盯著阿爾法，注視著他的嘴唇緩緩開合。

「那是因為……」

解開了最後一道枷鎖，邢非看著延綿到地下的通道，他們抓獲的兩個俘虜就裡面。只要想想接下來會發生的事，他就止不住地興奮起來。

老貓看見他臉上漾起的興奮紅光，忍不住道：「你下手不要太粗魯，還要留著他們的命套取情報。」

邢非不滿地撇了撇嘴，「我當然知道——」

匡啷！一陣鐵鍊撞擊的巨響從地下的囚室傳了過來。

兩人對望一眼，臉色一變，匆匆向下跑去。被關在裡面的兩個俘虜，不會鬧出什麼麻煩吧？

邢非第一個衝到囚室前，眼前的情景讓他又是震驚又是不解。被關押在一起的兩個俘虜，此時正緊緊交疊，不，或者說一個緊緊地壓制著另一個。這場景完全不見曖昧，倒是有著刺鼻的血腥味。

尤其是被他們吊在半空的那位，他的臉頰劃開了一道深深的血痕，新鮮的、滾燙的血液汩汩湧出。

這是阿爾法，而拿著一把匕首緊緊貼在他身前的，則是陳霖。

「你說什麼？」陳霖的聲音異樣沙啞，「再說一遍。」

「沒什麼。」即使被人拿刀指著喉嚨，阿爾法依舊鎮定自若。

「我只是告訴你，當初讓你淪落到地下世界的，是我。」他笑了笑，露出一個酒窩。「是我哦。」

「胡說！」

「我沒有騙你，我也是最近才想起來的。啊，這個傢伙不就是當時被我選中的那個人嗎？因為你變化實在太大，我有些認不出來了。」

阿爾法蠱惑般道：「其實仔細想想，我應該第一眼就認出你了才對。畢竟你身上吸引我的那點一直沒變，虛偽、做作、自欺欺人。這麼說來，也是這樣我才會動了些小小的權力，把你拉到和我一樣的地獄。」

「為什麼！」

「因為不爽啊。我像個幽靈一樣晝伏夜出，卻有個討厭的傢伙能過著普通日子，自欺欺人地裝成平凡人。所以在路邊看見的你那一刻，我就決定了。」

阿爾法挑起嘴角，沉聲道：「我要將這個傢伙拖入泥沼，看看他究竟會變成什麼模樣。」

感受著緊貼在肌膚上的刀刃，他滿足道：「你真是一點都沒讓我失望。看看你現在的表情，多精彩！和我一樣充滿了仇恨、憤怒、絕望！」

「因為這種無聊的理由……」陳霖嗓音沙啞，「僅僅因為你的一時興起，就奪走了我的一切！我的家，我的生活！」

一個A級幽靈，偶遇一個平凡的上班族，因為一時興起而做出的決定，從此徹底毀滅了一個人的人生。而始作俑者，轉過頭就將自己當時的玩笑忘得一乾二淨。

陳霖就像一個任人揉捏的玩偶，被阿爾法玩弄在掌心。雖然當時他受困於平凡無味的人生，但並不意味著他甘心成為任人揉捏的幽靈！更不願意成為別人的玩具！

之前，陳霖只以為是自己逐漸麻木淪陷的生活態度，使他活得猶如行屍走肉，成為了幽靈。現在真相大白，卻讓他無法接受。

為什麼這麼對他，誰有權利這麼對他！誰有權利決定別人的人生！

阿爾法笑而不語。

「知道為什麼上面會答應我的要求嗎？」他在陳霖耳邊吐氣，「因為世上的普通人無數，而A級寥寥可數。在他們看來，犧牲你來滿足我的需求，是一筆很划算的交易。」

陳霖握著匕首的手都在發抖，他心裡充滿了恨意，恨阿爾法，恨答應他要求的人，更恨他自己，衝擊性的事實讓他失去了冷靜。

「要是時光倒轉，再給我一次機會選擇。」阿爾法低低道：「你知道我會怎麼做嗎？我還是會說，把那個傢伙拉下地獄吧。」

父親、母親、自己的未來，全部都因為這一句話而被毀了！

陳霖眼眶通紅，用力地舉起匕首，狠狠揮下。

「去死！」

鋒利的匕首插進血肉裡，阿爾法臉上露出了快意的笑容。

陳霖彷彿著魔般，還想要繼續揮刀。

「快阻止他！」

身後傳來一股拉力，將他從阿爾法身上拉下去。陳霖不甘受縛，使勁掙扎著。

「操，他瘋了！」邢非身後用力扣住陳霖，看著老貓。

「你去檢查他的傷口！」

老貓不等他說，已經跑到阿爾法面前查看起來。

「真夠狠。」他回頭看了陳霖一眼，「差一點就刺穿心臟。」

「靠，那不是廢了？」

「他不能廢。」老貓按住阿爾法不停湧出鮮血的傷口，「他身上的情報價值比其他幽靈大得多，現在送去治療還有救。」

聽見這句話，陳霖眼裡都快冒出血來，邢非幾乎遏制不住他。

「麻煩的傢伙。」

他嘖了一聲，從懷中掏出一支小針筒，對著陳霖的脖子快速地扎了下去。

不到幾秒，陳霖的身子便癱軟在地。

「總算安靜了，現在怎麼處置他們？」邢非看著失血昏迷的阿爾法和暈倒的陳霖，「沒想到竟然還有這麼一段狗血劇情。」

在外面旁聽的兩人都被剛才的氣氛鎮住了，不然不會等到陳霖捅了阿爾法一刀才反應過來。

老貓皺眉，「這兩個人情況不穩定，必須帶到外面處理。」他想了想，又道，「把他們分開安置。」

陳霖迷迷糊糊地恢復意識，只覺得眼前一片黑暗，眼皮像是有千斤一樣沉重，四周的景色晃動不休。

等到再次睜開眼，眼前是一片刺眼的白。

「哈，你醒了。」

耳邊傳來聲音，他想轉身去看，脖子卻無法動彈。過了幾秒，他才覺得身體恢復了知覺。

他似乎在一間治療室，床邊站著一個戴棒球帽的男子，正笑意吟吟地看著自己。

「邢……非。」陳霖吃力地吐出兩個字。

「真高興你還記得我。不過我更開心的是，你讓我免費看了一齣好戲。」邢非笑咪咪道，「還記得我當初的話嗎，你要是缺工作可以來我們這裡試一試。只是我沒想到，你早就有了更好的去處，而且混得還不錯。」

「又不是我想去的！」陳霖猛然想起什麼，「阿爾法呢，他死了嗎！」

「遺憾的是，他還活著。」邢非道：「雖然我也很想讓他死，不過現在還不是時候。對了，既然你這麼恨他，那些幽靈對你也不好，要不要加入禿鷲？我們會幫你買壽險，有年終獎金和年假，還有產假！」

陳霖側過頭去。

「真的不考慮？」邢非的眼珠轉了轉，「難道你對地下世界產生感情了，不想背叛？」

陳霖放在床邊的手用力握緊。

見此，邢非滿意地笑了。

「看來你心情不好，那我先出去了。順帶提醒一下，你身上攜帶的武器和小道具全都被沒收了，安分地休息吧。」

喀噠，門板關上。

陳霖安靜地躺了數十分鐘，摸了摸右手。

手環還在，看來禿鷲被其他小工具吸引了注意力，沒有注意到手環的不同。

他放下心來，開始想另一個問題。

還沒有殺死阿爾法，一定要找到他。

Chapter 6

暗號 1784

陳霖身陷囹圄的同時，胡唯他們的情況也不是很好。

自從打通了地下世界的大門，各大勢力對殘存幽靈的追捕一直沒有停止過，僥倖逃跑的幽靈無一不人心惶惶。陳霖被捉，更是給他們帶來了巨大的壓力。

胡唯通知了老么這個消息，卻收到一個意料之外的情報。

「隊長被抓住，怎麼可能？」盧凱文不敢置信道，「我剛剛還收到他的訊息啊。」

「什麼？」其餘幽靈皆感到震驚。

「喏，你們看，就是這個！幾分鐘之前才發到我手機上的。」

盧凱文掏出手機，翻出簡訊。

「不過我看不太懂是什麼意思。」

他的手機上顯示著一條最新簡訊，沒有文字，只有一段意義不明的數字：

2000；21；1109，970；1784。

盧凱文道：「我還以為是隊長不小心發錯的呢，難不成其實是什麼密碼？」

其餘幾個幽靈陷入沉思，半晌，胡唯問他。

「你幾點收到簡訊？只有這一條嗎？」

「你來之前不到十分鐘收到的，就只有這一封。」盧凱文回答。

胡唯仔細計算時間，陳霖失蹤是兩個多小時前的事，而他處理了一些事情後才趕到這裡會合，中間耽擱了約一個小時。

也就是說，如果這條訊息真的是陳霖發的，那麼就是在他被敵方捉走一個小時後傳遞出來的情報。

陳霖身上有某種隱祕的通訊工具，胡唯隱約知道這件事，陳霖通過這工具向外傳遞情報似乎也在情理之中。

如果這一組數字真的是陳霖想對他們傳達的某個訊息，那麼現在的問題就是，這些數字究竟代表什麼？

「1109，970。」胡唯嘀咕，「這組數字也許是座標。」

這是典型的代表座標的數字組，如果將它代入現在他們的處境……

「難道這是陳霖所在地的座標？」老么問。

「應該是，而且我覺得這組座標，是以我們和陳霖的暫居地為原點的坐標軸。」胡唯回答。

「那其他幾組數字是什麼意思？」

胡唯又看了一眼，「2000，不可能代表人數，對方不可能在一個城市集中這麼多人而不引起注意，那麼就只有一個可能——時間。按照二十四小時計時法來計算，指的是晚上八點。」

「21 或許就是人數？」老么道：「代表有二十一個敵人。」

「最後這個 1784 是什麼意思？」盧凱文問，其他幾個幽靈都摸不著頭腦。

「我知道。」一直沒有出聲的賽文開口了。

「這組數字其實取自諧音，以前A級幽靈也曾用過。」他淡淡道，「意思就是，一擊必殺。」

這封簡訊翻譯出來的內容就是：晚上八點，到座標 1109，970 處，將敵方二十一人，全部擊殺。

盧凱文看著這一串數字，愣住了。

「這真的是隊長的意思嗎？他、他被敵人抓走了，還有心思要我們進攻？」

「進攻就是最好的防守。」胡唯道，「我相信這是陳霖本人的意思，現在處境對我們不利，繼續拖下去只會更加危險，還不如……」

「還不如趁對方不備，先拿下他們一支守備部隊。」老么接口道，「這個主意不錯，我贊成。」

賽文說：「我不反對。」

「我、我……」盧凱文著急了，「只要能救出隊長，其他的我都不管了！」

「就這麼決定了。」

胡唯一錘定音。

「晚上八點，我們集合人手進攻這個據點。」

幽靈的反擊即將開始。

陳霖被囚禁在治療室內，根本不知道時間過去了多久，心裡隱隱有些焦急。他從病床上下來，走到門口，意外地發現門竟然沒有鎖！

邢非是故意的，還是想要試探他什麼？

陳霖將計就計地推開門走了出去。

外面是一條幽暗的走廊，不過這種程度的昏暗，對於習慣了地下世界生活的陳霖來說不算什麼。他的眼睛很快適應了周圍的黑暗，沿著走廊小心翼翼地前進。

路上沒有巡邏人員，陳霖不禁懷疑自己是否在敵人的大本營，怎麼一個守衛都沒遇到？

就在此時，前方傳來了一串腳步聲。他敏捷地後撤，退到陰暗的角落躲了起來。

「他的傷勢怎麼樣？」

「勉強維持住了。不過不能劇烈運動，否則會導致大出血。」

「是嗎？」

「那一刀可是一點都沒有留情啊。」

兩個人相互交談著，漸行漸遠，在他們走了以後，陳霖才從藏身處走了出來。

剛才經過的兩人，其中一個的聲音他很熟悉。如果沒聽錯，應該就是那個外號老貓的男人。

他們在討論阿爾法的傷勢嗎？看來正如邢非所說，阿爾法有驚無險，並沒有生命危險。

陳霖握了握拳，向著老貓兩人來時的方向走去。

「怎麼了？」

醫生看向身邊突然停住步伐的老貓，疑惑道：「有什麼問題嗎？」

「沒有。」

老貓笑了笑，把看向身後某處的視線收了回來。

「什麼問題都沒有，一切正常。」

悄然無聲地推開了房間的門，陳霖進入一間裝潢與他之前所待的地方相差無幾的房間。

阿爾法躺在正中央，和陳霖不同的是，他鼻子上插著氧氣管，身邊多了很多儀器，赤裸的胸口露出剛剛包紮好的繃帶。

雖然沒有生命危險，但阿爾法傷得不輕。

陳霖放慢步伐，輕手輕腳地走近床邊，靜靜看著躺在床上閉眼熟睡的阿爾法。

這個男人睡著時似乎和常人沒什麼不同，嘴角還帶著些微笑意，完全看不出有任何危險性。陳霖卻知道，若讓阿爾法醒來，他絕對是自己遇過最危險的人。

論危險度，唐恪辛和阿爾法不相上下，但是對於陳霖來說，唐恪辛的威脅度是十的話，阿爾法就是一千！

陳霖仔細看著阿爾法的睡臉，一時之間，他的黑眸中掠過諸多思緒。這個男人就躺在他面前，毫無防備。

看了許久，陳霖突然伸出手拔下阿爾法的氧氣管。

嗶嗶，嗶嗶！

檢測阿爾法生命徵象的儀器響起警報聲，陳霖不耐煩地將那個儀器也拔了。

這下安靜了。

阿爾法的臉色慢慢變得蒼白，甚至有轉變成青黑色的趨勢。他的胸膛起伏逐漸紊亂，臉上露出痛苦的神色。

陳霖站在床邊，無聲地笑了。

「砰咚！」

正在這時候，身後的門被猛地撞開，一個人飛奔進來推開了陳霖。

「你這個瘋子！」

他吼了一聲，接著趕緊招呼外面的醫療小隊。

「給我救回來！不論如何，不能讓他死了！」

醫生們手忙腳亂地開始救人，將陳霖擠到了角落。

陳霖站在人群外，看著忙碌的醫護人員，看著躺在床上臉色不佳的阿爾法，臉上並沒有特殊的表情。

邢非和老貓不知何時也走了進來，邢非看了看陳霖的臉色，眼裡閃過一道暗芒。

「看不出來這小子竟然這麼狠心！喂，這下你失手了吧，險些把重要人質的命都給玩丟了。」

老貓神色複雜地看著陳霖，「他竟然真的下得了手……」

沒錯，這完全是他們自導自演的戲碼，就是為了測試陳霖和阿爾法之間的恩怨是否是弄虛作假！

布下陷阱的老貓完全沒想到，陳霖會這麼果斷地下手。要不是他們一直在旁監視，說不定阿爾法的命真的就這樣毫無意義地丟了！

邢非笑了，顯然很欣賞陳霖。

「真正心狠的人表面上是看不出來的。我們之前都小看了這個小子，他比躺在床上的那個傢伙還狠呢。」

說著，他走近陳霖，問：「你早知道我們在試探你，還故意下手？」

陳霖看了他一眼，「我不知道什麼試探，只是你們給了我機會，我就抓住這個機會。」

邢非笑容滿面，拍了拍陳霖的肩膀。

「要是幽靈都是像你這樣的傢伙，那我也不會無聊了。對了，還沒問你的名字。」

他第一次重視起這個低級幽靈，問道：「你叫什麼？」

陳霖看向他，回答。

「陳霖，一個幽靈。」

Chəpter7

時辰已到

由於之前的舉動，陳霖得到了特殊待遇。他不再一個人關在房間，而是受到了數人的監視。至於阿爾法那邊，人手不足，只安排了幾個醫護人員看著。

現在是晚上七點二十一分。

老貓與邢非都不在，陳霖不知道他們去哪了，不過想也知道，肯定又是去謀劃針對幽靈的計謀。

比起阿爾法，陳霖沒有受到禿鷲的嚴刑拷打。即使是他剛清醒的時候，禿鷲也沒有派人來拷問情報。

陳霖有一絲不安。

他等待著遲遲未落下的刀鋒，不敢輕易入眠，對方究竟準備什麼時候狠狠宰他一刀呢？沒有答案。

監視陳霖的有兩個人，在這個人手本來就不足的臨時駐地，差不多算是禿鷲十分之一的兵力。監視陳霖的兩名禿鷲成員都不怎麼說話，除了偶爾瞪陳霖一眼外，沒有其他動作。

陳霖老實地坐著，看起來似乎不準備再鬧事了。不過身體靜止了，他的大腦卻飛快運轉，思考著各種計畫。

晚上七點四十分，陳霖突然站起身來，兩個監視人員警惕地看著他。

「我想去廁所。」

監視人員彼此對視了一眼，其中一人隨即上前搜身。確定陳霖沒有隱藏危險物品，他開門走到門口，示意陳霖跟著。另一個監視者就走在陳霖身後，寸步不離。

這樣一前一後，被人押著去上廁所，還是陳霖有史以來第一次，不由得有些哭笑不得。

去廁所的路上很少能見到人，除了幾分鐘一組固定的巡邏人員外，這個駐地再也看不到其他人走動。

陳霖被送到廁所，看著打算跟進來的監視人員，尷尬道：「可以在外面等一會嗎？」

對方不語，依舊站在原地。

好吧，看來這是個絲毫不給情面的冷血角色。

陳霖無奈，只能選了個背對著對方的位置解決生理需求。只是身後刺人的視線，實在是讓他覺得不舒適。

「快點，磨蹭什麼！」

時。

陳霖有些惱火，「你不盯著看，我就不磨蹭了！」

對方哼了一聲，稍微轉過身去。

陳霖把手伸到前方，窸窸窣窣，似乎在解拉鍊，心裡卻是在默默地倒數計

五、四、三、二、一！

門外傳來一陣急促的腳步聲，監視陳霖的人員見狀，立刻詢問。

「什麼事？」

「治療室出狀況了！」

「什麼？」

「有俘虜襲擊醫生逃走了！」

「該死！」監視人員咒罵一聲。這次他不再顧及陳霖的情緒，抓著他就向外面走，也不顧他有沒有解決完畢。

陳霖能理解他們此時的心情，隨口問：「去哪？」

「閉嘴！再多問就先把你解決了！」

對方態度惡劣，陳霖卻是心情不錯，沒去計較。

一路上，禿鷲成員大舉行動，大範圍搜索逃走的俘虜。即使在這樣緊急的

情況下，陳霖也沒有見到老貓和邢非。

難道他們目前不在這個駐地嗎？

正出神想著，陳霖發現他們停在了一間房間門口——正是阿爾法所在的治療室。

「進去！」

身後的人推了一把，陳霖踉踉蹌蹌地進了房。十分鐘之前，怕是誰都沒有想到，禿鷲們會親自把他帶到阿爾法的病房來。

世事真是難料啊。

再次進到這間治療室，和上次的情景已截然不同。即使是陳霖，一瞬間都有些反胃，更不用說其他人了。

原來的那張病床，此時躺在上面的不再是阿爾法，而是另一個人。

那是陳霖之前見過一面的醫生，上次看到他的時候，他推了陳霖一把，帶著手下的人忙不迭地為阿爾法診斷傷勢。而現在躺在床上的醫生，喉嚨破了一個汩汩流血的小洞，再也無法睜眼了。

死者喉間的那個洞，似乎是被人用手指生生戳穿的，皮肉綻開之處還帶著指痕，讓人看了不禁下意識地摸摸自己的脖子，寒毛直豎。

醫生手裡拿著聽診器，臉上是猝不及防的表情。

殺死他的人十分殘忍，戳穿了他的喉嚨，讓他在劇痛下熬了很久才窒息而死。

禿鷲成員們眼中冒著憤怒和憎恨的火焰，連帶著看向陳霖的目光都變得不善起來。

「你給我待在這裡，哪裡都不許去！」為首之人看著陳霖，冷冷道，「一旦踏出這間房間，就立刻將你擊斃。」

說完，他帶著其他禿鷲成員離開，臨走前用力地關上門，留下陳霖和屍體獨處。

一片寂靜。

門外應該有安排專人看守，陳霖想著，抬腳走向病床。

床上那個死去不久的醫生，不久前還在為阿爾法的生死忙碌，轉眼間，卻被自己的患者毫不留情地虐殺。

陳霖心裡五味陳雜，有種說不出來的情緒在心頭湧動。

就在他凝望著死不瞑目的屍體時，門外突然傳來異動，似乎是物體落地的輕微聲響。

他動了動耳朵，想再聽得清楚一點，屋外卻又變得如死一般寂靜，就連門口守衛不耐煩的踱步聲都聽不到了。

陳霖緊緊盯著門口。

吱——喀噠。

門把轉動，門鎖發出細微的啟動聲，接著吱呀一聲，門開了。

一股特別的香味從打開的門縫間傳了進來。

陳霖記得這個味道，像是銘刻在記憶裡那樣清楚，這芬芳又帶著一絲甜膩的——血腥味。

一張慘白的臉在門後悄然顯現，然後咧開嘴，望著陳霖無聲地笑了。

晚上七點五十五分。

老么、胡唯等帶著一部分幽靈悄然接近，還有五分鐘，一場突襲即將開始。

一片混亂中，老貓與邢非不見蹤影。

而此刻，陳霖對外面的情況全都不瞭解，他只顧著看著眼前那張宛如死靈般的慘白面容。

「你下手還真是一點都不留情。」

白色的臉龐開口，幽幽地道，似乎帶著哀怨。

門縫擴大，除了慘白的臉龐外，他的整個身軀也顯露了出來。

赤裸的上半身綁著繃帶，胸口處透出一絲血痕，這個面色像骷髏一樣蒼白的傢伙，不是阿爾法還能是誰？

之前還只能無力躺在床上的他，此刻卻身手矯捷，再看他與陳霖對話的模樣，兩人之間的糾葛似乎全都只是一場雙簧。

是真，是假？

注意到陳霖依舊站在病床邊，阿爾法道：「怎麼，你對這裡戀戀不捨了？」

陳霖望了他一眼，邁動步伐走了出去。

「我只是照計畫行事而已。」

沒錯，照計畫行事。

當時邢非和老貓進入地下囚室，看到的是如生死仇敵般糾纏在一起的陳霖和阿爾法，他們只看了要將阿爾法置之死地的陳霖，卻沒注意到其他細節。

比如，陳霖和阿爾法緊緊靠在一起時，他們有沒有在彼此耳邊竊竊低語？

比如，以幽靈經過訓練的身手，在這麼近的距離內，為什麼匕首沒有直接刺穿心臟？

這些細節邢非他們或許沒有注意，但是陳霖注意到了。

在阿爾法要求陳霖殺死他之前，陳霖就察覺了阿爾法的暗示。

沒有時間了。

禿鷲快要到了。

這是一場交易，會讓我們安然離開這裡。

正是這些暗示，讓陳霖默契地和阿爾法共同布下了這場針對禿鷲的騙局。

從始至終，他和阿爾法之間的恩怨，以及那恨不得殺之而後快的殺意，似乎都只是一場戲而已。甚至陳霖傳給盧凱文的情報，都是從阿爾法這裡得知的。

晚上七點五十九分，陳霖和阿爾法會合，一起踏出治療室。

門外，兩個守衛被阿爾法解決掉，陳霖最後確認了目前已知的資訊。

清剿禿鷲駐地，敵方剩餘十八名戰鬥人員，老貓與邢非不知所蹤。

八點已到。

陳霖說：「開始行動。」

Chapter 8

絕境

八點整。

老么和胡唯帶著一隊幽靈一路突進，其他人負責墊後，賽文和許佳留守據點，而唐恪辛自從陳霖失蹤後就不見人影了。

他們帶的人手不多，不足二十，原本想這樣的人數加上陳霖裡應外合，對付禿鷲應該夠了。

但事實總不會盡如人意。

座標上顯示的禿鷲駐地入口竟然就是老貓開的酒吧。自從上次被一彈爆破過後，這家酒吧就長期處於停業整頓中，也不知什麼時候弄了一個祕密駐地出來。

胡唯和老么對視一眼，趁著四下無人，帶著幽靈小心翼翼地潛入。

「怎麼沒有動靜？」老么皺眉，「該不會被發現了吧？」

胡唯小心翼翼地打量四周，「或許是裡面出事了，只可惜我們還聯繫不到陳霖。」

「進去嗎？」

胡唯點頭，「只有我和你進去，其他的在外面留守，一有情況就跟上來。」

於是，老么和胡唯兩個幽靈隻身潛入禿鷲的地下駐地。

另一邊，陳霖和阿爾法離開治療室不久，就遭遇了第一批敵人。兩人合力迎敵，阿爾法突然輕輕呻吟了一聲，捂著胸口，表情痛苦。

「怎麼？」陳霖避過敵人的攻擊，抽空道。

阿爾法眉毛擠在一起，勉強露出笑容，「沒什麼，只是想起某人毫不留情地砍下那一刀，心痛而已。」

這個時候還有空開玩笑？陳霖怒瞪他。

「說真的。」阿爾法苦笑，「剛才我動作太大傷口撕裂了，再動幾下，我就會先失血而死。」

這麼嚴重？

陳霖伸出手攙扶阿爾法，邊戰邊退。他要擔負兩個幽靈的重量，本就有些吃力，可阿爾法這個傢伙，此時竟然還有心思在他耳邊說笑。

「說真的，當時你下那麼重的手，是不是把我的話當真了？」

陳霖沒有理他，一刀砍退一人，手有些發麻。

阿爾在他耳邊輕笑，笑得陳霖耳根發癢。

「你想不想知道，我說的那些話究竟是真是假？不如，我現在告訴你如何？」

「閉嘴吧！」

陳霖一把將阿爾法推到身後。

「你自己走！」

他擋在其他禿鷲成員面前，似乎打算斷後。

阿爾法挑眉，「原來你這麼愛慕我，竟然願意為了我犧牲自己。」

陳霖咬咬牙，忍住青筋。這個瘋子，這種時候竟然還沒個正經。他一邊跟著退，一邊扯著阿爾法的衣袖，粗魯地拉著他跑。

「你再多說一句，我就把你扔在這裡！」他拉著阿爾法匆匆跑向出口。甚至有幾次，子彈從他耳邊劃過，他都顧不得。

自從和阿爾法會合，陳霖心中的不安不減反增。這種不安，在發現老貓和邢非不見蹤影後更加擴散開來。

他從來不期待這次清剿會一帆風順，然而兩個禿鷲的老油條在這種時候不見蹤影，總是讓人眼皮直跳。

陳霖和阿爾法跑上臺階，迎面遇上了一隊人，陳霖正想出刀，才看清對方的面容。

「你們怎麼來了？」

他們迎面遇上的正是胡唯和老么。

見陳霖臉色有異，胡唯問：「不是你讓我們來的嗎？」

陳霖立刻意識到情況不對，「先離開再說！」

四個幽靈好不容易從地下駐地跑上地面，卻一個人影都沒看見。破敗酒吧內，只有幾張陳舊的椅子孤零零地倒在地上。

「怎麼會這樣！」老么驚呼，「我們下去前，特別讓其他幽靈守在入口，現在竟然都不見了。」

陳霖望向身後，禿鷲的追兵沒有追出來。

果然有問題！

「其他人呢？」

「賽文還在據點待命，要不要叫他們過來？」

陳霖搖頭，「我們中了圈套。」

「什麼？怎麼可能？」老么詫異。

「這間酒吧像是一個牢籠，把我們關在這裡。」陳霖的目光從幾處極隱蔽的地方一掃而過，「我們出不去了。」

「可是剛剛進來時還好好的……」老么疑惑，試著上前開門。

「別動哦，我勸你還是別去送命為好。」

一直半靠在陳霖肩上，只剩半條命的阿爾法終於開口。

「要是不想連累我們一起死，你就不要再往前半步。」

老么一頓，保持姿勢不動，視線投向地面。

酒吧破碎的地板上，無數條細線隱隱發光。不仔細看還注意不到，特意觀察後會發現整個地板都布滿了細線，它們緊密交纏，環環相扣，從他們腳下一直延續到門口。

只要牽一髮，便動全身。

「這是……地雷？」老么吞了口唾沫，額間滲出細汗。

「應該是其中一種。」阿爾法道：「你們進來時沒有引爆它們，代表這些地雷是那之後才鋪下的。」他瞇了瞇眼，道：「專為我們布下的地雷陣。真可憐，看來你們的計畫早被對方看透了。」

後半句話他是對陳霖說的，看其神情，一點都沒有身處地雷陣中的緊張，反倒有些幸災樂禍。

陳霖默然不語。如果這真的是一場將計就計的陷阱，究竟是哪裡露餡了？是他和阿爾法的演技被看破了，還是……

視線突然瞥到右手手腕。陳霖恍然，果然，問題是出在這裡嗎？虧他當初還以為手環瞞過了禿鷲的眼睛，沒想到還是被他們算計在內，禿鷲甚至利用自己引來了更多的幽靈。

可是老貓他們八成沒想到陳霖和阿爾法會暗中聯手，否則，他們不可能只派二十人多留守駐地，讓他們有機會順利逃出治療室。

這場鬥智雙方各有勝負，而最終結果還沒揭曉。不過僅看眼下形勢的話，不利的是陳霖一方。

胡唯有些猶豫，正想說話，擺在吧檯後方的液晶電視就突然亮了起來。

「喂……滋滋，喂喂！聽得到嗎？」

「有人嗎？哈囉？」

「呸，砰砰！這訊號究竟行不行啊……什麼？已經可以聽見了？你不早說！」

更詭異的是電視裡傳出了雜訊，簡直就像是恐怖片。陳霖等幽靈紛紛捂住耳朵，忍受那刺耳的噪音。

「晚安，諸位幽靈。」

一段奇葩的試音後，電視裡的聲音終於正常起來。陳霖一愣，他聽得出來這是邢非的聲音。

「不知道各位現在心情如何?哈哈，反正我感覺還不錯。怎麼樣，要不要趁我心情好來玩個遊戲?」

邢非的口吻還是一貫的輕佻。

「這可是一場難得的有趣遊戲哦!」

「什麼遊戲?」陳霖問。

「哦，是你。」邢非的語氣更加興奮了。

「沒想到你們真的逃了出來，清潔……不對，陳霖。」他開心道：「你比我想像中還要有意思，真是讓人迫不及待地想把你招攬進來——」

「匡啷——砰砰!」

一陣騷動，電視那端的聲音有些異樣，但是很快又安靜下來。這次，再傳過來的是另一個沉穩的聲音。

顯然是老貓看不下去，決定親自出面了。

「諸位，現在的情況想必你們也很清楚。」他道，「取走你們的性命很簡單，但是我並不打算這麼做。做個交易如何?只要說出其他幽靈的所在地，我就暫時放你們一馬。」

「如果我說『不』呢？」陳霖道。

老貓輕笑一聲，不以為意。

「當然，如果你們願意犧牲自己的性命，外加——我們手上這二十個幽靈的性命，我也無話可說。」

二十個幽靈竟然全被抓了？再加上現在的不利境地，他們似乎真的被逼入絕境。

陳霖神經緊繃，大腦卻是前所未有地清晰。

此時此刻，究竟有什麼辦法能逃出生天？

老么等幽靈沒有說話，只是靜靜地看著陳霖，老貓也一直很有耐心地等待著。

不知過了多久，陳霖抬起頭，啞著聲音道：「我會告訴你他們在哪。」

他說著，悄悄用力握緊了右手。

「前提是，我親自帶你們去。」

BE THE PERSON
YOU WANT TO BE

Chapter 9

千鈞一髮

對方沉默許久，顯然沒料到陳霖會這麼說。

半晌，一陣爆笑聲傳來，是邢非的聲音。

「我欣賞你的個性。」邢非大笑道：「你很識時務嘛，不會做無謂的反抗。別人的性命哪有自己的重要呢，對吧？」

陳霖沒有理會他的挑撥離間，「我帶你們去的同時，不准對留在這裡的人動手。」

老么等幽靈十分震驚，他們不敢確定陳霖為何這麼做，但是沒有誰認為陳霖是為了保命而出賣其他幽靈。即使阿爾法也不這麼想。

禿鷲的兩人卻不這麼看。

一來，他們早已聽聞幽靈行事冷漠，不顧旁人；二來，以這兩人的觀點，為了別人犧牲自己才是愚蠢。

何況帶著陳霖一起行動，掌握著他的性命，就不怕他提供假消息。

「可以。」老貓斟酌後，道：「回來之前，我們不會對你留在這裡的同伴出手。但是，幽靈的藏身地肯定不只一個，也不可能全在本市，你想帶我們去找哪一個藏身地？」

陳霖眸光閃了閃，道：「當然是離這裡最近、規模最大的那一個。」

半分鐘後，雙方商議妥當，陳霖聽從吩咐，從吧檯背後找出一副耳機。戴上後，可以清楚聽到裡面傳來老貓的聲音。

他挑了挑眉，對方究竟在這間破酒吧藏了多少東西？

「現在我該怎麼出去？」他問。

耳機裡的聲音道：「聽我的指示。左上三步，走。」

陳霖乖乖地走了過去。

「右前方兩步。」

「後撤一步。」

「右五步。」

就像是受到操縱的機器一樣，陳霖在老貓的指使下，安然無恙地度過了雷區。

就在他踏出酒吧的瞬間，地上一片銀光閃爍，那些細線竟然像有生命一樣蠕動起來，打亂了方才的順序。

想要照剛才的方法走出去，是完全不可能了。

後面默默數著陳霖步伐的幾個幽靈，惋惜地嘆了口氣。

臨走前，陳霖向酒吧看了最後一眼。

沉默的胡唯、急躁的老么，還有半靠在牆上昏昏欲睡的阿爾法。半睡半醒的阿爾法睜開眼，露出一個笑容，只是他臉色蒼白，笑得實在不好看。

陳霖收回視線，命令自己不再往那邊看去。

他很快就會回來，連同那二十個被扣押的人質，將所有幽靈一併安全地帶回去！

外面已是深夜，街上沒有半個人影，陳霖走到街頭對著耳麥問道：「我該去哪找你們？」

「不用擔心。」老貓說：「你只要帶路就可以了，我們會派人跟在你後面。」

這麼說，就是不讓自己和他們接觸了？

陳霖也不在意，沿著街道不快不慢地前進。

步行了二十分鐘左右，周圍的景致漸漸變得熟悉，陳霖回到了之前藏身的社區。

「這裡？這裡不就是……」

「是你們發現我的地方。」陳霖回道：「也是離那間酒吧最近、聚集的幽靈最多的地方。」

老貓的語氣冷了下來，「你要我們？」

「我為什麼要騙你們?」陳霖道:「這裡曾有五位高等幽靈齊聚,A、B、C級各一位,難道還不夠分量?距離酒吧也不出半個小時路程,難道不是最近?」

他反問道:「我說的話裡,有哪句是假的嗎?」

老貓冷笑,「是嗎,那敢問現在這裡還有幾個幽靈?」

「一個都沒有。」陳霖理所當然道。

「好!」老貓冷冷道:「本以為你還算是聰明人,沒想到也會做這種自食惡果的蠢事。你別以為能這樣安全地逃出去。」

耳機裡的聲音中斷,老貓不打算再與陳霖多費口舌。

陳霖抬頭仰望周圍的濃濃夜色,未知的危險就潛藏其中。不知道禿鷲派來跟蹤他的人,現在潛伏於哪一塊黑影中?

他並未久留,拔腿就向社區內跑去。

他既然敢用這種自損的方法引出禿鷲,就有自保的自信,最起碼在這個社區內,禿鷲成員不可能比他更熟!

陳霖進入社區沒多久,黑暗中閃現出幾道暗影,悄無聲息地跟了上去。

剛剛截斷與陳霖通訊的老貓，心情不是很好。

「沒想到這麼聰明的人，也會犯這種錯誤。」邢非嘆息道：「可惜，本來我還準備把他帶進禿鷲，好好與他玩一玩。」

「沒什麼可惜的。」老貓道：「道不同不相為謀。即使把他招進禿鷲，這樣的人也和我們不是一路。」

「你打算怎麼做？」

「既然有膽戲弄我們，就要付出代價。」老貓神色冷然，「讓他有去無回。」

邢非哼了幾聲，不置可否。

「邢隊長！參謀！」兩人閒話時，一個面色蒼白的禿鷲成員闖了進來，「我們關押人質的地方被突襲了！」

兩人臉色大變，尤其是老貓，連聲問：「看清是誰了沒有？」

「沒有，對方動作太快，我們送去的人沒一個活著回來。不過，看樣子他是想救走人質，應該是幽靈。」

老貓心中起疑，禿鷲關押人質的地方極為隱密，對方究竟是怎麼找上門來，打得他們措手不及的？

那名下屬又傳來一道訊息。

「雖然不清楚襲擊者是誰，但是我們的監視畫面捕捉到了他同伙的身影。你看，就是他。」

畫面上的人十分面熟——不正是那個曾被他們策反，作為地下世界臥底的老劉嗎？

沒想到這個老傢伙再次背叛，竟然反過來幫助幽靈回擊他們！有老劉在，也不難想出為何對方能這麼準確地找上門了。

老貓輕哼一聲，看著畫面中那個面色倉惶的中年人。

「解決他。」

「是！」

說完，他轉身看向邢非。這個好動分子早已躍躍欲試，迫不及待了。

「那個闖進去的幽靈等級應該不低，就把他交給你，如何？」

邢非咧嘴一笑，眼裡是赫然戰意。

「求之不得。」

同一時間，在酒吧裡等待的老么等人耐心逐漸消磨殆盡。他們誰也沒注意到，一直靠著牆角昏睡的阿爾法，不知何時悄然睜開了眼睛。

「時間到了。」

胡唯這才注意到阿爾法醒了。對於這位A級他向來敬而遠之，不過此刻也顧不得那麼多了。

「什麼時間？」

阿爾法微微一笑，站了起身。

「當然是，衝破牢籠的時間，到了！」

老么注意到他身前的繃帶已被鮮血浸透，擔心道：「你要做什麼？這裡布滿地雷，根本沒辦法走出去。」

「誰說我要走出去？」阿爾法抬頭望天，「既然入地無門，便上天而出！」

他一躍翻到吧檯上，然後費力舉起了一旁的液晶電視。

這、這傢伙瘋了嗎？

「到我身後。」明明鮮血已經滲透繃帶，阿爾法卻語氣淡然。

老么和胡唯走到他身後，只見阿爾法用盡全身力氣，手臂青筋凸顯，將電視高高一擲。

電視機砸中天花板，又落向地面。

另外兩名幽靈的心都懸了起來，只能目瞪口呆地看著電視落到雷區中，引爆所有地雷！

這就是阿爾法說的「上天而出」？果然是要送他們上天啊！

「哈哈哈哈！」阿爾法大笑，退回吧檯。在一陣又一陣的爆炸聲中，狂笑聲顯得格外刺耳，充滿了不羈與張狂。

片刻間，破舊的酒吧徹底化為廢墟，幽靈們生死不知。

形勢於瞬間千變萬化，此刻，剛剛逃回社區內的陳霖回到房內拿出了藏匿好的武器。

他知道禿鷲的殺手就在門外埋伏等待，他的心卻格外寧靜。禿鷲的殺手、老貓的威脅，還有其他的人與事都漸漸從他心裡淡去。

然而拿起武器的那一刻，陳霖還是想起了一個人。一個自出事以來，就再也沒露過面的傢伙——唐恪辛。

陳霖相信，唐恪辛不會平白無故地不見蹤影。

他一定某個地方籌備著什麼。

Chapter 10

你怎麼在這

老劉渾身發顫，不知所措地站著。當初在陳霖面前的前輩風範，此時完全不見影蹤。

現在的他就是一個再平常不過的普通人，不，甚至連普通人都不如。先是被禿鷲威逼利誘，又被幽靈發現背叛，經歷了難以想像的折磨，直到最近他才得以外出。

不過，還是沒有自由。

老劉是被唐恪辛硬拉過來的，他知道，與其反抗，還不如乖乖做個誘餌。

老劉抖了抖，縮在角落的身影顯得更加卑微。

窸窸窣窣，不遠處似乎有什麼接近，老劉抬起他渾濁的眼睛看著暗處，流露出一絲恐懼。

有東西過來了！

細微的腳步聲、壓得極低的呼吸聲，從遠及近，每一下都像是響在老劉耳邊。老劉的手指緊握得泛白，瞪大無神的眼望著黑暗處。

來自陰影的奪命殺手悄無聲息地接近，他們正是老貓派來的禿鷲殺手。看見惶恐的老劉，殺手們不屑地笑了，手起刀落就要取走他項上頭顱。

螳螂捕蟬，黃雀在後。老劉的眼裡，閃現出了另一道身影。

一道銀芒閃過，噗嗤一聲，鮮血飛濺。

殺手們瞪大眼，失去生命氣息的身體無力地倒地。

來者收回手中長刀，瞧了地上幾具屍體一眼。那冷酷的眼神映在老劉眼裡，就像是來自地獄的索命使者。

實際上，這位也正是來自地下的索命幽靈。

「做得不錯。」

唐恪辛的聲音乾淨，幾乎不蘊含一絲情緒。

「按照約定，等我解決禿鷲這邊的所有人手，你就可以離開。」

老劉不敢有一絲不恭，戰戰兢兢道：「不知、不知要等多久？七號大人。」

唐恪辛瞥了他一眼，「等我將這裡的幽靈救出。你帶著他們先離開。」

「是、是！」老劉又抬頭問道：「那，大人您之後又要去哪？」

見到唐恪辛看過來，老劉畏懼地低下頭，「我、我不該多問。」

「沒什麼，告訴你也無妨。」唐恪辛看著他，輕輕地吐出一個位址。

那個地名，正是陳霖目前所居住的社區，也是老劉的女兒劉菀宜所在的社區。

老劉瞳孔霎時緊縮，原本無力垂在兩側的手也不受控制地握緊。

唐格辛看在眼中，他就是為了刺激這個曾經的背叛者，才故意透露行蹤。對老劉來說，沒有什麼比妻女更讓他牽掛。

果然老劉神色變化，一聽到唐格辛是要去那個社區，臉色都白了。

雖然他不知道唐格辛為什麼如此安排，但是想也知道現這種情勢下，勢必會有一番大戰。

老劉擔心妻女安危，可是又懼怕唐格辛的威嚴。最後，他憋了半天只說出了一句話。

「還請大人此去，務必注意安全。」

等他再抬頭，眼前哪還有唐格辛的蹤影，空蕩蕩的走道像是在嘲笑他一般。強風呼嘯而過，冰冷地直直吹進他的心裡。

老劉眼神空洞地望著走道盡頭，半晌，像是做出了決定，咬一咬牙，向深處走去。

老劉離開不久，又一個人影來到此處，他見到地上躺的幾具屍體，遺憾地嘆了一句。

「真是的，來晚一步。」

來人正是邢非。他是為了堵截唐格辛而來，沒想到正主先一步離開了。

邢非有些興致缺缺，可是很快地，他發現地上有一道染血的腳印。

「還有漏網之魚？」

邢非眼中閃過一道光芒，興奮地笑著，順著這條腳印向前走去。

那正是老劉之前離開的方向。

唐恪辛一路飛奔，心裡只有一個念頭。

一路上，他的身影像隻展翅的大鳥在高樓之間飛快穿梭。他是為了營救陳霖才出來，卻半路跑去解救幽靈人質，事成之後，才馬不停蹄地跑回社區，似乎預料到陳霖已經返回社區了一樣。

其實，只是陳霖手上的手環起了作用。通過手環，唐恪辛可以準確地知道陳霖的位置。正因此，他才知道陳霖已經脫困，回到了社區，只是不知為何一直沒再移動，所以他決定回去看一看。

自從出門之後，唐恪辛一直到處奔波，卻沒有第一時間去尋找陳霖的下落，反而通過其他管道做了另外的事情。

他不是不擔心陳霖，只是心裡認為，陳霖不再是那總要依靠自己庇護的弱者。

所以這次唐恪辛一直隱於幕後，想看看陳霖會如何解決問題，而他只是適時地出來幫一把。

可眼下事態似乎已經超出了控制。如果陳霖順利解決了事情，怎麼又會返回居住地，且一直不聯繫他呢？

本來準備旁觀陳霖處事手法的唐恪辛，此時再也按捺不住內心的擔憂。

事實上正如唐恪辛所料，勉強逃回社區的陳霖，此時的處境並未好轉。他怎麼也沒想到，禿鷲會派這麼多人來圍攻自己！

原本以為要應付的不過是幾個禿鷲的殺手，沒想到對方竟然來了足足數十人。

通過門口的監視器，陳霖大致估算出了人數，只能苦笑。這麼大的陣仗，對方也太看得起自己了吧。

他看著身邊僅有的幾把冷兵器，不免有些頭大。

再者，他雖然擺脫了老貓的控制，可以自由行動，卻不知道阿爾法他們現狀如何？

至於那二十名人質，陳霖不怎麼擔心。因為早在與老貓達成協議之前，他就收到了一條訊息。

當時他趁著無人注意，悄悄瞥了下右手。看清訊息後，才做出了金蟬脫殼的決定。

而阿爾法那一邊，陳霖想，有阿爾法這隻狡猾的狐狸在，他們應該多少有辦法能撐一會。只要自己擺脫困境，就可以立刻帶許佳和賽文他們回去救援。

關鍵是現在，怎樣從禿鷲殺手的包圍網中逃出去？

陳霖皺眉，他隱隱約約能聽見外面的響動，看來殺手已經進了大樓。正在此時，外面傳來一陣輕微的敲門聲。

陳霖心頭一緊，殺手還會上前敲門？太有禮貌了吧。

不過很快，他就知道不是了。

「妳怎麼在這？」看著自己眼前的小女孩，饒是冷靜如陳霖，也不免錯愕。

「叔叔，原來你回來了。我剛才看見外面有人。」站在他眼前的正是劉苑宜，女孩睜著一雙大眼睛看著他，「他們是來找你的嗎？」

陳霖該如何作答？他不想讓劉苑宜牽扯進來，便直接趕她離開。

「快回去！」

「我不回去。」劉苑宜卻意外地倔強，一把拉著陳霖，趁他還在驚訝中沒反應過來，拉著他就走。

「倒是你，應該跟我過來才對！」

猝不及防之下，陳霖被劉菀宜拉進了她家門。

「外面那些鬼鬼祟祟的傢伙，如果都是衝著大叔來的，現在你待在家裡一點都不安全！」劉菀宜一副大人的模樣教訓道：「在我這裡躲一會就安全了。」

陳霖哭笑不得，他實在佩服這女孩的膽量，剛想說話，就感到一陣涼風吹了進來。

有東西從陽臺那邊翻了進來。

陳霖吃了一驚，緊盯著陽臺，難道禿鷲的人已經追到這裡來了？

劉菀宜後知後覺，先是躲到陳霖身後，後來發現這樣太懦弱，便強撐著膽子站到陳霖前面保護他。

陳霖欲哭無淚，將女孩拉到自己身後。

從陽臺而入的不速之客推開陽臺的紗窗，走進屋裡。

一股寒氣迎面而來。

「你怎麼在這？」

見到對方的面容，陳霖脫口而出。

反倒是這位帶著凜冽寒意的客人，先是淡然地繞了客廳一圈，最後，視線落在陳霖和劉苑宜身上。

挑了挑眉，他道：

「我才要問，你怎麼會在這？」

Chapter 11

逃出

陳霖萬萬沒有想到會這裡遇見唐恪辛。

雖然早知他可能隨時出手相助，然而即便是陳霖也沒料到，唐恪辛竟然會找到劉苑宜家裡來。

這也未免有點太神通廣大了，或者說，這是怎樣一種鍥而不捨的精神？

還沒等陳霖詢問，唐恪辛反而先開口了。

「這種時候，還有心思在陌生女人家裡玩樂？」

陳霖皺了皺眉道：「我是……」

「大叔他是被我強拉過來的！」劉苑宜認得這個新出現的怪人，覺得他很不好惹。「不關他的事。」

「妳？」唐恪辛打量她，「小小年紀，就學會了強搶『民女』？」

別說是陳霖，就連劉苑宜也目瞪口呆，幾乎懷疑自己幻聽了。

老半晌，陳霖才回味過來，這完全不像是唐恪辛的風格，他怎麼會說出這樣的話來？

難不成，他是……

「開玩笑的。」

唐恪辛面不改色，一句話，就差點把陳霖和劉苑宜憋得吐血。

誰見過面癱開玩笑？誰見過面癱如此不動聲色地開玩笑？而且這玩笑，說真的一點都不好笑。

陳霖只覺得寒風從陽臺吹進來，吹得他渾身涼颼颼的。

不顧兩人見鬼一樣的表情，唐恪辛走近陳霖，從上至下打量了他一遍。

「沒有受傷。」

這是陳述句，然而下一句話卻是疑問的語氣。

「你為什麼回來？」

這次不是玩笑，而是認真的。

陳霖愣了一會，照實解釋來龍去脈。

唐恪辛一臉不贊同，「這是下下策。以自己作為誘餌暴露在他們面前，很危險。」

陳霖苦笑，「我知道，只是當時想不出更好的方法。我想要分散他們的注意力，下意識就走回這來了。也幸好你把人質全部救了出去，不然被禿鷲識破，後果不堪設想。」

唐恪辛說：「現在事情還未解決，阿爾法他們沒有脫困——」

說到一半，唐恪辛突然停下不語。

他的耳朵比一般人靈敏許多，能聽見很多細微的聲音，比如此時，門外那個徘徊不去的腳步聲。

對方故意放輕步伐，但仍然沒有逃出唐恪辛的耳朵。

「怎麼了？」

唐恪辛伸出手指，堵住陳霖的嘴。

被像是教訓小孩一樣堵住嘴，陳霖一時不知是尷尬還是羞惱，不過他很快掩飾了自己的情緒。

門外有人？

不能說話，他只能擠眉弄眼與唐恪辛眼神交流。

唐恪辛伸出幾根手指，又指了指自己——禿鷲的殺手就門外，只有三到五人，我一個人可以搞定。

陳霖想了想，卻搖了搖頭，又看了身邊的劉菀宜一眼，意思不言而喻。

如果只有他和唐恪辛，他們可以毫無顧忌大戰一番，此時身邊卻還有一個無辜的女孩，若是戰鬥中不小心牽連到她，陳霖心裡過意不去。

更何況，這女孩是老劉的女兒。一想到當初老劉為了妻女露出的那個瘋狂模樣，陳霖就更不想讓劉菀宜涉險。

不是懼怕老劉的瘋癲，而是人之常情。誰心底沒有自己的底線？人有底線，就要也尊重別人的底線。

老劉想要保護妻女，陳霖何嘗沒有想保護的人？他若是因一己之私將劉苑宜牽扯到是非之中，就失去了心底的最後準則。

唐恪辛眉頭緊蹙，不喜歡陳霖的婦人之仁。

一直被他們忽視的劉苑宜開口說話了。

「帶我一起走吧！叔叔。」

陳霖和唐恪辛轉頭，齊齊看著她。

女孩眼神堅定，語出驚人：「請帶我一起走吧，我還想再見爸爸一面。」

月黑風高夜，殺人放火時。

禿鷲的特別行動小組遵照老貓的命令，前來清剿陳霖。對方孤身一人，一開始，他們沒有將陳霖放在眼中，以為這就是個手到擒來的任務。

誰曾想到，光是找出這個幽靈的所在就花了他們好長時間。找到之後，卻發現房內根本沒有人影。

禿鷲們對望了一眼，想要散開去別處探索，第一個目標就是對門那戶人家。

這幫過著刀頭舔血生活的傭兵，哪會管平常人的死活。

為了謹慎起見，禿鷲的行動組決定兵分兩路，一路到別處尋找，一路埋伏對面這戶人家。

荀乙是這次行動組的成員之一，他的任務是監視對門住戶，其他禿鷲成員從陽臺突入。

他老老實實地藏了許久，都沒聽見動靜，不僅屋裡沒有聲音，己方派出的人馬也沒了聲息。

就算是枯井，扔下石頭還能聽見回聲呢。

這小小一戶普通人家有什麼能耐，是無底洞，將禿鷲的老手們都吃了不成？

荀乙按捺不住，顧不得聯繫其他組員，決定自己一探究竟。他右手背在身後，緊緊握著刀，伸出左手小心翼翼地去碰這家的大門。

門沒有鎖，只是輕輕一轉便打開了。

荀乙弓著身子潛入，下一秒便被鎮在原地動彈不得。

這是怎樣的修羅場啊！荀乙怒目圓瞪，不敢相信自己的眼睛。

先行潛入的組員，都在這間大廳內，一個不少。唯一的區別是，他們現在都沒了呼吸。

苟乙不是沒見過死人，更不是沒見過比這更殘忍的分屍現場，關鍵是這些組員的死亡悄無聲息，他完全沒有聽見一絲響動。

就在他在門外等候的時候，客廳內上演著一場地獄般的殺戮！好像有個死神隱在暗處，舉手間就奪去了他們的性命。

苟乙僅僅心寒了一會就立刻回過神，聯絡其他成員。

「發現目標，已逃離！注意封鎖各個出口！」

另一邊，劉苑宜看了看腳下，縱身一跳。一米多的差距不算高，她沒有摔傷，只是腿有點麻了而已。

陳霖和唐恪辛在前面等她，小女孩有些畏懼唐恪辛，只敢站在陳霖身後。剛才電光石火間，雖然陳霖捂住了她的眼睛，卻捂不住她的鼻子，濃烈的血腥味根本無法隱藏。而且此時唐恪辛身上還有未散的殺氣，讓她十分畏懼。

此時，禿鷲的人員尚未聚集，他們還有時間離開。

「接下來去哪？」

唐恪辛看著陳霖。

陳霖說：「我想要確定阿爾法他們的情況，可是這孩子……」

劉苑宜道：「我一定不會拖後腿！」見兩個大人不信，她補充。「這附近我從小玩到大，知道很多祕密出口，我可以帶你們離開這裡。」

「祕密出口？」

「嗯，小時候玩捉迷藏，我在附近大樓和巷子裡鑽了個遍，很多捷徑都只有我一個人知道。」

陳霖哭笑不得，什麼時候自己也需要靠小孩子的捉迷藏來擺脫困境了？不過，這也不失為一種方法。

見唐恪辛沒有反對，他示意劉苑宜帶路。

女孩帶著他們在社區裡兜兜轉轉，挑的全是小路幽徑，有幾次和禿鷲的搜尋人員只有咫尺之遙，也幸運地沒被發現。

十分鐘後，他們竟然真的靠這個小女孩，在禿鷲的嚴密搜查下安然離開了社區。有時候，真的不得不感嘆，小小的力量也可以改變大局面。

「我已經帶你們出來了，媽媽現在又不在家，你們不能丟下我一個人！」

殺手大人揚眉，似乎有些不耐。

「等等！」陳霖連忙拉住他，對倔強的女孩道：「妳為什麼一定要跟著我們？妳也知道，我們身邊很不安全。」

「我知道。」劉菀宜咬了咬嘴唇，「但是我想再見爸爸一面，你們一定知道他在哪。」

「為什麼？」唐恪辛冷冷問。

「上次爸爸回來，附近就有像你們一樣奇怪的人出現，現在這種感覺又回來了！事情怎麼可能那麼巧！即使你們不說，我也知道突然出現的爸爸，肯定和最近這些奇怪的事情有關。」

女孩的邏輯推理能力不弱，第六感也很強。

「只要跟著你們，就一定能找到爸爸！」

陳霖嘆了口氣，卻是一旁的唐恪辛先開口了。

他看著劉菀宜，道：「要想見妳父親，只有一種方法。」

「是什麼？」

殺手大人眸光閃爍片刻，「變成和妳父親一樣的人。」

說時遲那時快，他比出手刀，向女孩後頸砍去。

「住手！」

陳霖已經來不及阻止。

Chapter 12

A級出現

陳霖接住女孩無力倒下的的身軀。他發現女孩只是暈了過去，抬頭看向唐恪辛，眼中有幾分驚疑。

「你竟然……沒有殺她？」

唐恪辛道：「我不殺毫無價值的人。」

事實上有一點他沒說，有那麼一刻他是真的想對這個女孩出手。

殺手從不手軟，尤其是在感覺到對方會給自己帶來威脅的時候，無論男女老幼，照殺不誤。

可是耳邊傳來陳霖那一聲住手，不知怎的，他手下的力道就弱了幾分，僅僅是讓女孩昏過去，沒有折斷她的脖頸。

陳霖看著懷中的劉苑宜，有些苦惱。

究竟該拿這女孩怎麼辦？不能隨便丟了不管，更不能帶她去那些危險的地方。

「何必煩惱。」唐恪辛道：「隨便將她丟給其他地方的幽靈看管一陣，就可以了。」

陳霖也別無他法，只是現在胡唯和老么都身處險境，實在找不到其他可靠的對象，想了半天也只有盧凱文和許佳了。最起碼那裡還有許佳作伴，劉苑宜不會太過尷尬。

可是一聯繫過去，那邊就要鬧翻天了！

「隊長！你終於出現了，你知不知道老么哥他們之前都去找你了！」

陳霖苦笑，「我知道，出了些問題，我現在正準備回去酒吧營救他們。」

「酒吧？隊長……你還不知道嗎？」許佳的聲音聽起來有幾分躊躇，「是之前禿鷲使用的那家酒吧？」

心頭一緊，陳霖連聲問：「發生什麼事了？」

「就在不到半個小時前，見一直沒有消息，賽文帶人出去找你們。剛才他發來消息，說是他們親眼看見禿鷲的酒吧在爆炸中化為廢墟。如果胡唯他們還在裡面，現、現在可能……」

陳霖聞言，血管中流動的血液都瞬間變冷。

「我不該……我當時不該就那麼把他們留在那！我以為只要一會就可以……」陳霖神色有些呆滯。

電話裡傳來幾聲追問。

「隊長，隊長！隊長你怎麼了？」

一雙手扶上陳霖的肩膀，強制他轉過頭，陳霖看見唐恪辛灼灼有神的眼睛，正眨也不眨地注視著自己。

「這不是你的失誤。」唐恪辛道，「沒有人預料到他們會選擇自爆。」

「自爆？」

唐恪辛挑了挑嘴角，「禿鷲還想套取情報，不可能直接全滅他們，爆炸一定是阿爾法所為。」

想起那個癲狂的瘋子，陳霖心裡也有所認同。

「可要不是當時我一時計短，把他們留在那……」

「逃出一個人，總比全部都留在禿鷲手裡好。」唐恪辛心有偏頗道：「如果我是你，也會選擇留下他們，自己逃脫。」

「我只是想出來聯繫其他人，再回去救他們！」

「多說無益，木已成舟。」唐恪辛道：「你有空在這裡自怨自艾，還不如做些實際的事。」

他接過陳霖手中的女孩，說：「把這個累贅交付給他們，我們再去酒吧的廢墟那裡看看，說不定有留下線索。」

許佳和盧凱文很快就來將劉菀宜接走了。陳霖和唐恪辛，結伴向酒吧走去。

他們站在暗處遠觀。

爆炸的動靜引起了警察的注意，老遠就看到大批穿著特警制服的人團團圍住酒吧，完全無法靠近。此時已是凌晨，被酒吧的爆炸吸引過來的看熱鬧的人依然不少。

這樣的環境看不出什麼，唐恪辛和陳霖對視一眼，默默退去。

「禿鷲很可能還在附近。」唐恪辛小聲道，「他們或許會躲在人群中觀察，找出我們的蹤跡。」

「賽文他們呢？」

「爆炸後應該去其他地方了，大概也在找機會對禿鷲動手。」

見陳霖臉色依舊不好，唐恪辛補充道：「阿爾法雖然做事瘋癲，倒不至於拿自己性命開玩笑，他們未必會有事，很可能是藉機躲到地下，從其他出口離開。」

酒吧底下還有個祕密基地，這次爆炸後一定會無所遁形。

阿爾法他們如果沒在爆炸中化為飛灰，很可能就是循著這條地下通道，不知逃到哪裡去了。

這下他們真的從所有人眼皮底下徹底消失，無論是禿鷲，還是幽靈都沒有他們的蹤跡。要是利用得好，倒不失為一道奇兵。

可是想起阿爾法的身體現狀，陳霖免不了有些擔憂。

「有人跟過來了。」

唐恪辛湊在陳霖耳邊低語，同時抓住他的手，在大街小巷間飛竄起來。兩人腳下生風，健步如飛，陳霖幾乎是被帶著跑，唐恪辛抓得他手臂生疼。

即便如此，也沒逃離身後的追蹤者。

兩人來到路口，卻早有人等在那，想後退，後路也同樣被人封鎖。

唐恪辛難得一臉肅穆，陳霖看向對面的人影，對方一動不動，就像是雕塑。

他心裡有些不安，出口問道：「是禿鷲？」

唐恪辛搖頭，「不，比禿鷲更麻煩。」

這世上還有如此讓唐恪辛防備的人物？陳霖不禁好奇對前方攔路人的身分。

「危險嗎？」

唐恪辛點頭，卻又搖了搖頭。

陳霖不明其意。

正在此時，擋在路口的那道人影動了，像是從一尊雕像變回了活人，抬腳向這邊走來。

那人視線投在唐恪辛身上，又投到了陳霖身上，只是幾秒鐘的時間，便讓陳霖覺得好像從內而外都被看透了。

唐恪辛向左站了一步，站在陳霖身前，遮住那人的視線。

攔路人笑了，「這就是你當初非要回去的理由？」

「我的事，不用你管。」

唐恪辛繃緊了身上的每一根神經，處在高度戒備狀態中。

「你的事我的確不想多管。」

對方緩緩走近，直到走到近處的路燈下，陳霖才看見他的面容。

那張臉蒼白得可怖，雖然五官端正俊美，卻叫人從心底生出一股寒意。他臉上帶著笑，卻更像是戴著一副假面，僵硬無比。

這個人身後還有其他身影，一共五人。所有人眼中都是一片冷漠，好像在他們眼中，這世上根本沒有什麼能讓他們情緒起伏。無論是財富權勢，還是人之生死，都如同黃沙塵埃。

陳霖心裡一跳，對於這些神祕人的身分有了猜測。

果然，領頭者的下一句話便是——

「你可以不服管束，但是任務不能不做。U-A007，救出阿爾法，將此地的禿鷲完全清剿，限時二十四小時，你必須完成。」

領頭者道：「我們會在暗處一直看著你。」

說完這句話，這幾個人，不，該說是幽靈，又像出現時那樣悄無聲息地消融進黑暗中，瞬息間不見蹤影。

這一會工夫，陳霖才覺得周圍彷彿凝結的空氣，又開始緩緩流動起來。

他看著唐恪辛。

「剛才那些，莫非就是……」

「不要多問。」唐恪辛止住了他，「知道太多對你沒有好處。」

陳霖點頭，等走出了巷子，他驚訝地發現巷外不知何時多了幾具屍體，看不出死法，可是熱氣未散，顯然剛死不久。

這是那些幽靈的手筆嗎？陳霖就連他們什麼時候動的手都不知道。

果然A級幽靈，都是令人仰望的存在。

「既然任務要我營救阿爾法，我就不得不去。」唐恪辛皺眉，「那個瘋子現在躲到哪去了？」

陳霖彎下腰，翻動地上的幾具屍體。死屍身體健碩，手上長滿老繭，明顯不是普通人，應該是禿鷲的探子。

聽見唐恪辛的煩惱，他思緒轉了一轉，眼中閃著光華。

「我想到一個好主意。」

見唐恪辛看著自己，陳霖笑了笑，指著地上這幾具屍體道：「在上拾屍者第一堂課的時候，老么告訴我，別小看死人，他們身上有無盡的祕密。而現在我發現了死人的另一個作用——

「死而復生。」

Chapter 13

許諾

荀乙接到撤退通知，匆匆離開社區。

目標已離開，他們繼續停留也只是做無用功。聽說市內的地下駐地又出了意外，禿鷲的行動小組被分別調去處理相關事情了。

對於參謀和隊長的命令，荀乙從不懷疑。

所以，在接到老貓單獨交付給他的祕密任務後，荀乙甚至沒有跟組員說一聲，便一個人展開行動。

「地下駐地的另一個出口在市政府附近。你去那裡守著，爆炸中的那些幽靈很可能會從那個出口出來。」

這是老貓的原話，荀乙按照命令，一絲不苟地執行。

「如果發現他們，需要戰鬥嗎？」荀乙問。

「不用。」老貓道：「你只負責監視。」

「是！」

老貓和唐恪辛一樣，從心底認為阿爾法他們並沒有死在爆炸中，而是趁機遁入地下尋找出路。

畢竟對於長期生活在地下世界的幽靈來說，絕境中求生已經是深入骨髓的本領了，不是嗎？

派荀乙監視不過是第一步，老貓想了想，又聯絡邢非。

這小子半天都沒有消息，不知道跑去哪裡鬼混了。

令人意外的是，怎麼都聯繫不上邢非。老貓有些頭疼，揉了揉太陽穴。這次的布局，實在是超出他的預料。

一個又一個幽靈的意外之舉，讓他原本算無遺漏的計畫出現了這麼多破綻。

「幽靈……」老貓無奈，「真是不好對付的傢伙。」

就在老貓為邢非頭疼時，荀乙已經在路上了。

半途他心血來潮，繞去了被破壞的酒吧。

警察和看熱鬧的人群已經散去，荀乙順著黑暗中的巷道悄悄接近，在接近酒吧之前，他在空氣中聞到了一股腥甜味──血的味道！

荀乙心下一緊，看了眼傳來血腥味的方向，猶豫著要不要過去看看。

很有可能他的同伴正在和幽靈激鬥，可是他有任務在身，不應該過去自找麻煩。

正在他考慮時，小巷中傳來一陣倉促的腳步聲。荀乙往旁邊一閃，躲入雜物的陰影中。

「呼，呼，呼呼！」

那人急促地喘息著，而在他後面，另一道身影緊緊追趕。

荀乙望了一眼，差點驚呼出聲。

追趕在後的人，竟然是禿鷲榜上有名的「七號」！曾經被俘虜，後來又逃出禿鷲的那個A級幽靈！

前方被追擊的那個人荀乙並不熟悉，但看他的穿著和戰鬥方式，是禿鷲的組員無疑。

可惜了，這個組員一定會死在七號手中。荀乙眼中閃過一道憾色，卻不打算出手相助。

就在這時，七號身後又出現了一位禿鷲的戰鬥人員。他從背後突襲，似乎是想為前方的同伴拖延時間。

「快走！」

七號被這個突然出現的傢伙騷擾得煩不勝煩，一刀揮去，便將阻攔者斬殺。然而等他再次回頭時，剛剛還在前方的逃亡者卻不見蹤影。

七號皺了皺眉，緩緩走進巷道中，四下打量了許久，甚至還用長刀切開垃圾箱和其他雜物查看了一番，一無所獲，許久，才追向另一個方向。

而這個時候，躲在暗處的荀乙拚命捂著身邊之人的嘴。

前一刻，那把閃著寒光的刀就從他們面前不到一公分的地方砍過，為了不讓身旁的人驚呼出聲，荀乙伸手緊緊捂住了他的嘴。

兩人憑著運氣，僥倖地逃過了搜查。

直到確定七號真的走遠，荀乙才鬆開手，放開這位傷痕累累的禿鷲成員。

他身上有不少傷痕，不過不算嚴重，唯一比較嚴重的一道刀傷，是從前胸一直延伸到肋骨，要不是傷口淺，可能直接把人切成兩半了。

「多謝……」這位逃出生天的傢伙喘著氣，依舊警戒地看著荀乙。

這份戒心，倒是讓荀乙稍稍讚賞了一下。

「我是行動組二組的隊長。」荀乙報出一個代號，確認彼此身分。

「我是情報組的人員，林。」

這個名字大概不是真名，不過荀乙無所謂，即使是禿鷲之間，也很少用真名交流。

在驗證了幾個資訊確認對方的身分後，荀乙問：「你為什麼會被七號追殺，你的其他組員呢？」

「我們在接近七號時不慎被他發現，其他人全滅，只有我一個逃了出來。」林道。

「七號為什麼緊追著你不放？」

林猶豫了一下，沒有立即回答。

荀乙皺眉，「我是組長，有權在行動中獲知所有低階成員的情報。」

「……因為我發現了他們的祕密。」林頓了頓，道：「在酒吧外盯梢七號的時候，我們發現他和另一組神祕人聯繫。後來才發現，那群神祕人似乎是……A級幽靈。」

「A級？」

荀乙的心臟漏跳一拍，「有幾個？」

「看見五個，其他不清楚。」

五個A級，再加上七號和阿爾法，這樣一來A級的七個幽靈全都到齊了。

他們竟然全部集中到這一個小小的城市！荀乙心下一驚，看來這一次行動會變得更加困難。

他立刻通報上級，得到消息的老貓並沒有驚慌失措，而是吩咐他繼續執行監視任務，這讓荀乙的心稍微放鬆了一點。

「你……」

他結束和老貓的聯繫，才意識到忘記安排這個受傷的林。一時之間，不知該如何處置他才好。

林很有眼力，見他為難，便道：「既然情報傳回去了，請您去執行任務吧，我可以一個人躲避幽靈的追蹤。」

說這話時，他胸前的傷口還在往外溢血。

荀乙頓了頓，想起之前在社區那幾個被七號一招斃命的手下。組員慘死的情景總是無法從他腦內散去，他做出了決定。

「你跟我一起去吧。」

「可是，我只會拖累您……」

荀乙阻止他繼續開口，道：「這只是監視任務，難度不大，你跟在我身邊安靜地待著就好。明白嗎？」

「是。」

帶上一個拖油瓶，荀乙再次出發。

他絲毫不擔心這次耽擱會干擾他的監視任務。地下通道的路況比地面複雜許多，幽靈要從酒吧走到市政府的地下出口，最起碼要花四五個小時。而從地面走，不到二十分鐘就足夠了。

荀乙帶著林向市政府趕去。

一路上，他對這個情報組的倖存成員還算滿意，即使受了傷也盡力趕路，沒有拖他後腿。到了監視點也不多嘴不多問，很懂規矩。

就是太安靜了，有時候一直不說話，讓荀乙懷疑自己身邊是不是還跟著這麼一個人。他想到林的傷口，不免擔心他是不是因為失血過多，才無力說話。

「如果撐不住，我可以先送你回駐地。」荀乙破天荒地這麼說，可是說完就後悔了。

自己怎麼公私不分呢？就算現在離幽靈預計出現的時間還有數個小時，也不是能隨時離開的情況。

「任務怎麼辦？」

林的拒絕，反而更讓他下定決心。

「我先送你去最近的支援點，再趕回來也來得及。過來，我背你去。」

荀乙背對著林蹲下身，然而許久沒見動靜。他不禁覺得奇怪，回過頭，只見林正用一種奇怪的眼神看著自己。

那眼神有憐憫，有同情，還有一絲狠戾，絕對不是一個禿鷲成員看著組長的神情。

「你——唔！」

他話還沒說完，就覺得脖子一陣鈍痛，接著眼前一片黑暗。暈倒前，他似乎聽到林在對某個人說話。

「留他一……」

剩下的話荀乙聽不見了，他已經暈了過去。

看著倒在地上的荀乙，林，或者說是陳霖，眼裡流過複雜的情緒。不過眨眼間，那些情緒消失不見，只剩下理性。

「留他一命吧，他還有用處。」陳霖對著收刀的唐恪辛道，「他等級不低，應該知道不少禿鷲內部的情報。」

從背後襲擊荀乙的正是唐恪辛，其實他一直沒走遠，遠遠跟著這兩人，直到確定荀乙是在這裡埋伏監視後才出手。

而之前與陳霖的追逐戰，也不過是一齣戲罷了。盧凱文客串了那個一露面就被砍死的炮灰甲，他對此表示很不滿意。

作為臥底的陳霖，則是在禿鷲成員身上獲取情報後，藉助許佳的化妝效果，偽裝成一個普通成員接近。

他們本來只打算試一試，能釣到禿鷲的低階組員就不錯了，哪知一出手就勾上一個組長，還是身負祕密任務的組長。

唐恪辛毫不理會昏迷不醒的荀乙，逕自走了過來。

他看著陳霖身上那道為了逼真而下手劃出來的刀痕，眼裡的波紋盪了盪，不自主地，便伸手觸碰。

不知為何，這些再常見不過的傷痕和血跡，此時卻讓他覺得燙手。

陳霖莫名其妙，「怎麼了？」

唐恪辛的喉結上下動了動，許久，才開口道：「不會再有下次了。」

「嗯？」

「不論是我，還是其他人，我都不會再讓任何人傷到你。」

唐恪辛第一次如此鄭重地許諾。

原來區區一道傷口，是如此刺目。

Chapter 14

亞當

「嘶，大冬天的，聽得我雞皮疙瘩都起來了。」

身後傳來的一句調笑，讓陳霖猛地回過神。

他訝異自己竟然這麼放鬆戒備，沒注意到身邊什麼時候有人。不過，就算他沒有發現，唐恪辛難道也沒發現嗎？

事實證明，唐恪辛早就知道有人來了，只不過他不以為意而已。因為出現在陳霖視線中的，正是阿爾法一行。

「你們……」雖然早知道禿鷲監視的對象很可能就是阿爾法他們，但是陳霖沒想到，他們竟然會這麼快就安然無恙地出現。

「還以為是禿鷲哪個不合格的成員，丟下目標不管自己在一旁聊天，結果原來是你們兩個。」

阿爾法帶著胡唯、老么走了過來，看著地上昏迷不醒的荀乙，踢了一腳。

「看來禿鷲早就知道我們會從另一個出口出來。」

他們幾個此時都很狼狽，身上沾了不少灰塵。尤其是阿爾法，胸前的繃帶盡數染紅，真不知道他怎麼撐到這個時候。

陳霖皺眉，「你還是找個地方處理傷口比較好。」

阿爾法詫異地挑眉，「你竟然擔心我？」

陳霖懶得多費口舌，這傢伙只要稍微給他點好臉色，馬上就開起染坊來了。

「把你安全帶回去是我的任務。」唐恪辛道：「你要是不乖乖回去，我就把你捆起來，封住你的嘴，讓他們扛你回去。」

阿爾法立刻做出一個怕怕的表情，「任務？都這時候了哪來的任務？」他臉色一變，「難道你遇到……」

「我遇到『亞當』，他發布任務給我，其一是救你出來，其二是將這裡的禿鷲清除乾淨。」

唐恪辛面不改色地說完，阿爾法卻是一改之前吊兒郎當的表情，面色肅然。

「他們找上你，沒說別的？」

「和以前一樣。」

「和以前一樣？」阿爾法嗤笑一聲，「之前被人殺進老家，怎麼不見他們露面？看到我們還有苟延殘喘的能力，就想要繼續利用下去嗎？真是聰明，聰明得讓人牙癢癢。」

陳霖看著阿爾法眼底的深沉，還有面無表情的唐恪辛，心裡隱隱覺得他們提到的話題應該與另外五個A級有關。甚至，和地下世界更上層的管理者有關。

「現在不是繼續待在這裡的時候。」不過他理智還在，提醒道，「禿鷲的支援人手很快就會過來了，我們先離開，其他的事情晚點再說。」

其他幽靈附議，阿爾法雖然不太情願就這麼離開，但是在唐恪辛的視線壓迫下，也只能乖乖聽話。

「對了，這傢伙怎麼辦？」

老么踢了踢地上的荀乙，問：「殺了，還是帶回去？」

陳霖有些躊躇。

「帶回去。」唐恪辛替他開口，「他身上一定有重要的情報，不要浪費了。」

於是，一群幽靈帶著一個禿鷲俘虜，返回隱藏住所。而在那裡，許佳他們早就等候多時了。

「幫他包紮！」

一回來，唐恪辛就將身後的阿爾法扔了過去，對盧凱文道：「止血就可以，其他的不用管。」

說著，他接過許佳遞來的棉花棒和酒精等消毒用品，對陳霖道：「過來，我幫你清理傷口。」

他拉著陳霖坐下，小心地解開他的衣衫。

看著血肉與貼身衣服相黏的部分，唐恪辛皺了皺眉，盡量在不弄痛陳霖的情況下，撕開衣服。

「偏心啊！偏心！」阿爾法忿忿不平道：「待遇不公，我抗議！」

胡唯涼涼地看著他們，道：「人的心本來就偏一邊，難道你不知道嗎？」

「我知道，但為什麼不是偏向我這邊！」

「白日夢做做就好。」

阿爾法揚眉，看著這個敢跟自己唱反調的傢伙。

他之前一直把胡唯歸在陳霖的附屬品之中，沒特別在意，沒想到陳霖身邊還盡是些臥虎藏龍之輩。

「喂，你膽子不小。」

「一般而已。」胡唯道：「還有我不叫喂，我是有名字的人。」

「哼，我以前還是有身分證的人呢！」阿爾法撇了撇嘴，「現在還進化了。」

「進化？」

阿爾法嚴肅地說著冷笑話：「現在我是一個有身分的人。」

唐恪辛渾不在意某人的廢話，只是專注地為陳霖處理傷口。

看著他低著頭一副認真的表情，陳霖心裡有些異樣，忍不住開口問道：「剛才你們說，我們又被上面盯上了嗎？」

唐恪辛拿起繃帶替他包紮，「這些事情你不用……」

「我想知道！」陳霖打斷他，「而且我認為我應該知道。」

他直直望著唐恪辛的眸子，沒有一絲退縮。

一直以來，都是他站在唐恪辛身後接受庇護，但是現在不一樣，他身邊有了伙伴，肩上有了責任，不能再躲在大樹的庇蔭下，而是要自己探出頭來，迎接風雨和危險。

唐恪辛看著他幾秒，見他沒有分毫退意，許久，才再次開口，「幽靈一共有七名A級，你應該知道。」

「嗯。」

「我是七號，阿爾法是二號。我們平時不會和另外五個A級聯繫，只在有任務時才見面。」

「不都是這樣嗎？」陳霖從他的話裡感覺到一絲異樣。

「不，A級和其他等級的幽靈不一樣。」

唐恪辛道：「比起分開行動，A級幽靈更傾向團體行動，同進同出，只有阿爾法和我例外。我們總是單獨執行任務，對此亞當也默認了。」

「亞當？」

這是陳霖第二次聽見這個名字。

「A001。」唐恪辛吐出一個分量不小的代號，「在我進入地下世界成為幽靈之前，他就是一號，也是亞當。」

「以第一個人類來暗喻第一個幽靈嗎？」胡唯在一旁喃喃道，「看來這個稱號，意義不凡吶。」

「亞當和其他四個A級總是一起行動，他們的行動也代表著幽靈的最高意志。」唐恪辛接著道，「地下基地被突襲時，亞當命令我和阿爾法前去執行一個任務，藉此調開我們。現在想來，那時候他就打算放棄你們，所以才抽走所有A級。」

「現在他又出現在我們面前，是什麼意思？」

「還需要問嗎？」阿爾法冷笑道：「當然是見我們能苟延殘喘，想要榨乾最後一絲的利用價值啊。」

來者不善啊，本來以為會是一份助力。可惜這幾個突然出現的A級，似乎並未對他們懷著多大的善意。

在場幽靈一時間都沉默下來。

「既然這樣，你還要執行亞當的任務？」陳霖看著唐恪辛，「也許他們不懷好意，是故意將你拖向困境。」

唐恪辛搖頭，「如果不執行任務，依照亞當的脾氣，會立刻對你們下手。」真是頭疼，沒想到還沒解決禿鷲，又來了一個更大的麻煩。

「唔嗯……」

一聲呻吟從眾幽靈身後傳來。

「唔，你們……這是哪裡？」

女孩略帶驚恐的聲音，讓陳霖想起被他帶回來的劉菀宜也在這裡，隨即注意到另一件事。

老劉呢？

按唐恪辛所說，他吩咐老劉將那二十個被禿鷲抓走的幽靈帶回來。為什麼直到現在，老劉和人質還是不見人影？

陳霖看向唐恪辛，卻看見唐恪辛也正望著他。他的眼神，彷彿看透了陳霖的心思，而且一點都不驚訝。

難道唐恪辛早就知道老劉那邊出了問題？

為什麼，他一直都沒有提起？

Chapter 15

撲火之蛾

老劉有一個孩子，他也曾經是別人的孩子。

孩子、父母、家庭、國家。

構成這個大千世界的，也不過是每一個小小的人而已。他們就像是沙漠裡的塵埃，拆開來看微不足道，卻能彙聚成龐然大物。

老劉就是這樣微不足道的存在，至少在他還活著的時候是。

作為一個在夾縫中生存的人，他每天需要做的事，就是拍上司馬屁，享受下屬的諂媚，僅此而已。

他沒想到，作為這個龐大機器中一枚承上啟下的齒輪，他也有被人捨棄的一天。

被上司拋棄，被屬下出賣，暴之於眾成為社會輿論焦點，變成人人喊打的敗類。當這一天到來時，老劉沒有自己預想中地驚訝。

他用麻木的眼睛，看著一樁樁虛與委蛇的交易；用沾滿油墨的手，接過一疊一疊帶著欲望的無用紙張；用被蒙蔽的心，告訴自己這是識時務。

那個時候他就隱隱有預感，早晚會有這麼一天，早晚，這顆腐朽的齒輪會被擊垮。

當這一刻真的到來，他竟然感到莫名輕鬆。

也許，這反而是一種解脫。

只是當時，老劉沒有想到在他離開後，他的妻子、女兒會面對什麼？一個貪汙腐敗的父親，一個成為死刑犯的丈夫，一個滿是汙點又拋下她們母女而去的家庭支柱。

老劉遠遠沒有意識到，自己會給妻女會帶來多大的痛苦。

直到他成為幽靈才明白，等待自己的不是解脫，而是無休止的折磨。

在地下世界生活的每一天都如同地獄，對妻女的思念和內心的歉疚反覆折磨著他，越發使他清醒認識到自己的所作所為，給那個家帶來了多大的傷害。

他明白，這是自己對之前行為的贖罪，但是他的妻女又有什麼罪？為什麼要承受著他所帶來的惡果?!

老劉的心靈一天天變得更加扭曲，對妻女的愛卻以另一種方式滋長、壯大。

直到某天，陌生人聯繫上他。

「只要你配合我們行動，我們會照顧你的家人，否則，你自己明白。」

那一刻，老劉似乎得到了另一種解脫。

他妥協了，成為叛徒，成為內奸，期待著真正的解脫。至少這麼做，他可以給妻女一個更好的生活環境，就算被發現，不過是一死而已。

直到……

「劉！接下來是往哪個方向？」

前面的幽靈回頭詢問，這才把老劉從過往的回憶中喚醒。

這二十個幽靈身上都有細微的傷口，似乎被審訊過，但奇怪的是他們精神出奇地好。在老劉依照唐恪辛的吩咐將他們放出來時，他們絲毫不驚訝，似乎早就知道會有同伴來解救自己一樣。

他們滿身傷痕，卻精神奕奕，眼裡閃著的光彩彷彿活人一般！

要是以前，老劉最討厭這樣的幽靈，就像是曾經惹怒他的陳霖。

「左轉。」他道：「小心點，前面路口可能會有他們設置的監視器。」

「明白。」

和他對話的幽靈接了一句，便走到前方和另外的同伴們傳遞消息。

老劉瞇起眼，看著他們彼此交流。

一種不明顯的親密和信賴隱藏於內。即使是細微的肢體動作，也顯現出這些幽靈對彼此的信任。

他們受過折磨，被拷問過，卻沒有埋怨憤怒，對於來帶他們離開的老劉，也給以最起碼的信任，知道他對這裡熟悉後，放心地將引路的工作交給他。

這些幽靈，實在是最不像幽靈的幽靈了，老劉甚至覺得，他們表現得比還是人類時的他更像是活人。

他苦笑一聲，繼續前進。

「我發現了一個隱藏攝影機！」

一個受過偵察訓練的幽靈彙報道，隨即又驚呼。

「怎麼回事，這臺攝影機竟然關著？哎？那邊那臺也是，好像都是！」

幽靈們面面相覷。禿鷲腦子秀逗了，還是他們一時大意，疏忽了這條道路上的監控設備？

老劉卻是心下一涼，升起不好的預感。

身後來時的道路一片漆黑，彷彿有野獸隱藏在黑暗深處，蠢蠢欲動。

背後浮上一層薄汗，老劉連身邊的呼喊都沒有聽清。

「……劉，劉！」

「你怎麼了，臉色看起來不大好。」

老劉咽了下口水。他知道，禿鷲的管理層從來不會有一絲疏忽，他們放棄對這裡的監控設備，只有一個可能，那就是他們根本不擔心幽靈會逃出去——

有更厲害的捕獵者，正在身後追趕他們。

「劉，你發現了什麼嗎？」

老劉搖頭道：「我……」

他的喉嚨乾澀，視線內的黑暗像惡魔一般晃動起來，將他吞噬。

「喂，來個人，他身體不太好，我們攙著他出去吧。」

模糊間，老劉聽到身邊有說話聲，感覺到有人將他扶起，那雙攙扶著自己的手十分溫暖。

他自嘲一聲，原來幽靈也是有溫度的。

以前的他不曾和任何幽靈親密接觸，只把他們連同自己都當作真正的死人。他沒有信賴的對象，無論是作為人，還是作為幽靈的時候。

他是一個背叛者，被雙方鄙視，還是一個連累家人，毫無用處的廢物。

他從來都做不好任何一件事，只會諂媚地討好上級，明明沒有能力，卻嫉妒打壓年輕有為的下屬。得意洋洋地享受著別人畏懼的目光，卻注意不到裡面有多少憎恨。

活了這麼多年，他可曾只靠自己辦好一件事？

沒有，沒……

老劉突然甩開了攙扶著自己的手。

「我沒事。」

他站穩身子，道：「不要耽擱時間，快走吧。離這邊最近的出口就在前方不遠處，既然監視器都關上了，你們可以直接從那裡離開。最好快一點，我們沒有時間，他就要來了……」

幽靈們疑惑他的喃喃自語，「你說誰要來了，有什麼情況？」

「沒有！」老劉說：「我的任務就是讓你們安全地離開這裡。現在，快點按照我說的路線離開，時間久了，說不定會生變。」

「那……你呢？」

「我會離開的，會的。」老劉低低道，「完成了任務，我就離開。」

幽靈們以為老劉還有別的任務，在老劉的不斷催促下，一個接一個離開了。

老劉一個人留在原地，黑暗如附骨之疽，從周圍纏繞過來，讓人從心底感到寒冷。

這個感覺，就像是在面對死亡。

噠，噠，噠。

噠，噠……

身後的黑暗中傳來了腳步聲。

聽起來漫不經心，卻在逐漸接近。

老劉幾乎克制不住自己哆嗦的大腿，因為他知道，來的是多麼恐怖的人。

「哎呀，沒想到會在這裡見到熟面孔。」

那道身影從陰影裡顯現，像是來自暗夜的鬼魅。他蒼白的臉上掛著古怪的笑意，卻又帶著一絲困惑。

「是你啊，背叛者。」

戴著鴨舌帽的古怪男人道：「奇怪，怎麼只有你一個人？你救的那些小玩具們呢？喂，告訴我他們去哪了，好不好？」

老劉沒有說話，他用左手狠狠抓住自己顫抖的右手，並抬起頭，頂著畏懼，看著眼前的男人。

「哦？難不成，你想要阻止我？」

邢非看著老劉的舉動，緩緩地笑了。一秒後，他看著那個顫抖著，卻依舊站在原地不動的廢物，眼中染上了怒色。

「像你這樣的垃圾，也膽敢阻擋我！」

殺意從邢非身上肆虐而出，幾乎是像有形的物體一樣緊緊掐住了老劉的脖子。

不能呼吸，不能動彈，像死亡一樣的感覺。

說起死亡，老劉突然想起，自己曾經非常地接近死亡。

在背叛被發現的那一晚，他像個可笑的小丑一樣在地上痛苦地打顫，只能絕望又憤怒地等待死亡。

那個一直被他鄙視的幽靈，卻對他說了一句話。

告訴他，如果想要保護家人，就必須坦白。

告訴他，即使是他這樣的廢物，也可以繼續保護自己的家人。

即便是他這樣的廢物！

背叛者從來沒有好下場，老劉之後在地下世界受盡了折磨，心裡卻出奇地寧靜。最起碼，他還是保住了家人。妻子和女兒，依舊在陽光下生活著。

即便是他這樣的廢物，再怎麼樣，還是能夠完成一兩件事的！

然後不久前，七號再次找上了他。

「只要你做好這件事，我們就會代你照顧好你的妻女。」

而他現在，只是想要努力再做好一件事而已。即使這次真的死了，自己的家人，陳霖應該會好好照顧她們吧！至少這有讓他為之一搏的價值！用這條廢物一樣的命去換，值得！

「啊啊啊啊啊啊啊啊啊啊！」

老劉大聲吼著，揮著武器毫無章法地衝向邢非。

邢非挑起嘴角，輕蔑地看著撲火的飛蛾。

而老劉眼裡，閃爍著最後燃燒殆盡的光芒。

即使是像他這樣的廢物，也是一位丈夫，一位父親。他所愛的人們，一定能幸福地繼續生活下去。

這就，足夠了。

「陳叔。」

劉苑宜抬頭看著屋外的星星。

「你會帶我去見爸爸嗎？」

正在商議布局的陳霖回頭，只見女孩輕輕晃著頭，望著夜幕。

「妳想見妳爸爸？」

「想！」

「我會帶妳去的，等解決了這些事情之後。」陳霖許諾道。

劉苑宜緩緩笑了，眼裡帶著期待輕輕道：

「我很想他。」
我想你了，爸爸。

Chapter 16

得到與失去

前有禿鷲，後有A級，陳霖等人想了很久，也沒有想出一個能保所有人安全的辦法。

最後，還是胡唯說了一句——以不變應萬變。

敵人不知道什麼時候會襲來，情況隨時都在變化，上一刻想到的計謀，也許下一秒已經成了無用之謀。

在這樣的形勢前，一切的計算和心機都無濟於事，只有做好萬全的準備迎接即將到來的暴風雨。

而陳霖還擔心另一件事，老劉和那二十名幽靈現在在哪？

他們的去向是唐恪辛安排的，問他應該最清楚才對，可是當陳霖想問的時候，唐恪辛就輕輕搖了搖頭，示意他不要多問。

就在他們幾個核心開完戰前會議時，那二十名幽靈的消息就傳了過來。

「隊長，收到他們的消息了！」

許佳一臉興奮道。她手裡拿著配發的專用聯繫工具，聯繫方式只有幽靈內部的成員知道。

「他們已經脫困，二十人分散成數支小隊離開。」

陳霖心下一喜，「他們沒事嗎？」

「沒有，都很好！」許佳猶豫地看了劉菀宜一眼，「不過……」

女孩似有所感，眼睛眨也不眨地盯著她。

「不過什麼？」

「……不過去接他們的老劉，沒有跟著一起出來。」

許佳擔憂地看著劉菀宜，可是女孩很鎮靜，臉上沒有流露出一絲情緒。

只有陳霖看出來，她的臉色蒼白了一瞬。

二十個人質沒有事，前去營救的老劉卻出了意外，陳霖忍不住回頭看向唐恪辛。

「你早就知道？」他問。

唐恪辛一直站在牆邊，對於陳霖的質疑不置可否。

「我知道的不比你多。」

「但是你剛才……」

剛才唐恪辛的表情像是早就預料到這次營救行動會出意外，陳霖心裡不得不疑惑。

「營救人質是我交給老劉的任務。」唐恪辛道，「依禿鷲的能力，即使我殺盡了那個關押地的所有成員，他們回來的路上仍有可能出意外，這只是機率大小的問題而已。」

陳霖忍不住道：「你為什麼不一直跟在他們身邊？」

「因為我不想。」

唐恪辛聲音壓低，顯得有些冷漠。

「我要去哪裡，想去哪裡，不需要別人的同意。我救出他們已經仁至義盡，沒有義務像保母一樣守著他們。那個時候我離開，是因為我有更想去的地方，僅此而已。」

陳霖啞然。

他想起在那段時間，唐恪辛出現在自己面前，將自己從險境中救了出來。這句話的意思就是，比起當時近在咫尺的二十個幽靈，唐恪辛更擔心他的安危。

這麼一想，陳霖就更加沒有立場指責他了。

「……抱歉。」

唐恪辛周圍的溫度回暖了一些，似乎稍微接受了這個道歉。

「我本來以為，如果出現意外會有兩種可能。」他道，「一是營救失敗，二十個人質無一逃出；二是即使能逃出來，也會有傷亡。」

他挑了挑眉，「沒想到，竟然是這樣。」

「哪樣？」

一直沒有說話的劉菀宜開口了，她直直地盯著唐恪辛，大膽問道：「你沒想到的，是哪種情況？」

「所有人質都安全，只有妳的父親沒有消息。」唐恪辛老實道，「這超出了我的預想，我沒想到他會這麼做。」

劉菀宜緩緩笑了。

「我不清楚你們是什麼人，但是照你剛才所說，我爸爸他不惜一切也要完成任務。你說這是他的職責，他完成了自己的責任。」

「小宜……」

許佳更加憂心地看著她。女孩得知父親生死不明後的表現，有些超出他們的預料。

「沒關係，我能理解。」劉菀宜逞強道，「如果爸爸是為了完成職責和工作才出了意外，而不是像懦夫一樣逃跑，那麼，我也會為他感到自豪，就不會、不會那麼……」

說到最後，女孩有些哽咽，不過仍倔強地睜大眼睛，不想讓裡面的淚水掉下來。

陳霖嘆了口氣，上去摸了摸她的腦袋。

「無論如何，我最後一定會帶妳去見他。」

「嗯。」

二十個幽靈最後安然無恙地回到了各處隱蔽的基地，而窗外，已經到了黎明時分。

破曉的晨光劃開濃霧，從天際灑落下來，籠罩著沉睡中的城市。黑暗似乎就此被驅散，又似乎是隱匿起來，躲到了更深處。

屋內一片寂靜，所有人都很累了，在沙發上、地板上、桌上不顧形象地補眠。唯二的女性，許佳和劉菀宜都在房間休息，男人們則是在外面隨便找個地方呼呼大睡。

看著晨光，陳霖一直睡不著。

他走到窗前，隔著玻璃觸碰洋洋灑落的微光，突然沒有實感。

他已經在地表了，呼吸著一樣的空氣，沐浴著相同的陽光，甚至可以適當地和普通人交流，但是他現在，就是一個普通人了嗎？

敵人環伺，危機重重，時時刻刻在生與死的夾縫間行走，這樣怎麼可能是一個普通人？況且，就算沒有這些，他就真的能變成普通人了嗎？

在習慣了黑暗之後，在見識過重重鮮血淋漓的場景之後，在雙手同樣染上紅色之後，在……知道了這個世界的真實之後，他不可能再去做回以前的那個陳霖了。

因為十分清楚這一點，陳霖才會感到分外落寞。窗外的陽光再燦爛，卻永遠與他隔著無法企及的距離。

一隻手從背後伸了出來，撐在窗戶上，不留一絲縫隙。陳霖一驚，向後退了一步，卻感覺到身後極近處的一道呼吸聲。

「你……」

唐恪辛冷峻的面容離他不足十公分，眼眸就像寧靜無波的湖泊，讓人無法探知在深湖底下究竟還潛藏著什麼。

兩人一直這樣對望著，良久。

「你的手很溫暖。」唐恪辛沒頭沒腦地說了一句。

陳霖這才發覺，自己按在玻璃上的手在玻璃表面暈出一層霧氣，而唐恪辛的手則有些冰涼，比起常人，他的體溫似乎低了許多。

「你的倒是很涼。」

陳霖也回了一句沒有意義的話，說完，不禁有些羞惱。

唐恪辛卻是微微笑了，嘴角掀起一個弧度。

在這樣的距離下，陳霖驚訝地發現他的右頰竟然有一個酒窩，一個極淺極淺的酒窩，笑起來很好看，甚至算得上溫柔。

只聽見唐恪辛又問：「你剛才在想什麼？」

在這樣的氣氛下，陳霖似乎不該不回答？

「我只是在想，即使到了地表，一樣沐浴著陽光，我還是無法做回一個普通人。」陳霖的眼睛有些黯淡，「就算活在這裡，也終究行走在黑暗之下。」

唐恪辛挑眉，「這有什麼不好嗎？」

陳霖一愣。

殺手大人繼續問道：「有人適合生活在陽光下，有人天生適合隱匿在黑暗中。」

他看著窗外逐漸升高的初陽，「比起白日，我更喜歡夜晚；比起人群，我更喜歡獨自一人。黑夜有它的美麗與殘酷，也更真實。難道你不願意與我一起，走在屬於黑夜的世界？」

這是唐恪辛第一次說這麼多剖白真心的話，陳霖許久才緩過來，他對著那雙黝黑深邃的眸子，怎樣也無法拒絕。

「不，不是……」

「那你為什麼要羨慕他們？」唐恪辛追問。

「……我失去了很多，不能再找回的東西。」例如寧靜的生活、家人、普通的人生。

「但你也得到了很多。」唐恪辛道，「比如像我這樣可靠的盟友。」

見他一副沒在開玩笑的認真表情，陳霖不由得噗嗤笑出聲來。殺手大人不滿，「難道不是？」

陳霖搖了搖頭，微笑道：「沒有，我只是沒想到你也會說這種話。」

唐恪辛看著他的笑容，靜靜地等待他平復情緒，繼續說下去。

「我得到的，與失去的……」陳霖嘆息，「我真不知道，究竟是哪一個更多一些。」

唐恪辛的眉毛再次挑了起來，「光是我一個，你就賺了。」

陳霖回望著那雙黑眸，專注而又沉靜的眼眸。

他失去了做普通人的資格，再也無法回到日常的生活，只能每天面臨生死威脅。

可是他也得到了許多，瞭解了這個世界的真實，經歷了難以想像的磨礪，擁有了難能可貴的同伴，再也不是那個渾渾噩噩，有一日混一日的傢伙了。

失去安逸，得到了真實。

失去家人，得到了同伴。

失去那個過去的自己，發現了現在這個每天為各種事情煩惱，卻有著明確目標的自我。

還有眼前的這個，脾氣古怪、喜歡養寵物、喜歡廚藝，有著特殊愛好的殺手同伴。

「唔……嗯？」

桌上，盧凱文揉著被腦袋壓得發麻的手臂，睡眼惺忪地抬起頭來。

「哇，隊長和老大，你們在幹什麼啊！」

屋內的人都被吵醒了，打著呵欠爬起來。

陳霖看著唐恪辛，他正回頭一聲不吭地望向盧凱文，而可憐的盧凱文莫名在這溫暖的早晨打了個冷顫。

陳霖笑了。

周圍同伴的說話聲響起，嗤笑、抱怨、夢話，一個喧鬧的早晨。

「看來的確是我賺了。」

他對著唐恪辛笑咪咪道，然後用力地，在所有人未注意到之前，握了握殺手大人的手，又迅速抽了回來。

「謝謝你。」

Chapter 17

死而復生（上）

幽靈究竟是怎樣的存在？

對於大多數人來說，它是用來止小兒夜啼的幻想，只存於想像與編造之中。

對於禿鷲及知曉地下世界的武裝勢力來說，幽靈就意味著麻煩，代表他們不可以為所欲為，行動總要受到許多限制。

對於這個國家的高層來說，幽靈是一把隱於黑暗中的利劍，是他們用來以惡制惡的祕密武器。

而對於幽靈來說，這個稱謂是束縛的枷鎖，讓他們不再享有常人的一切——名譽、榮譽、自由，只能為了生存無止境地掙扎下去，永遠也看不到希望。

可是對於現在的陳霖來說，這個稱呼還有別的解釋。

地下世界處於癱瘓狀態，沒有誰能實際掌控他們，那麼幽靈這個名字就有了另一種含意。

他們不為世人所知，卻在武裝勢力中名聲赫赫；他們不能與外界接觸，卻能知道世上多數人不知道的真相。

作為不同於普通人類的另一種生活方式，從某種角度上來說，幽靈也是自由的，甚至過著更自由、更具有冒險性、更精彩的生活。

每天都有數不盡的麻煩等待解決，也意味著不會無所事事，而是永遠為下一秒作準備。幽靈這樣充滿冒險與刺激的生活，未必就真的讓人絕望。

「隊長！」許佳小跑過來，拿出一幅本市地圖，「我剛才和其他地方的隊友聯繫過了，他們會從這幾個路線抵達，與我們會合，你看……」

陳霖看過，問：「其他人有意見嗎？」

「胡唯那傢伙、老么哥、賽文哥，還有老大都認同了。」

「那就這麼定了。」

「好的，隊長！」

許佳急匆匆跑來，又急匆匆地跑回去。

他們正在研擬一個祕密作戰計畫，將一直威脅他們頭頂的A級和禿鷲一網打盡。

本來只是打算隨機應變，但胡唯提出了一個大膽的主意，一個大膽到讓唐恪辛在內的所有幽靈都瞠目結舌的主意。

「禿鷲和A級，他們加起來的數目都不及我們一半，與其這樣坐以待斃，不如主動發起攻擊如何？」

胡唯提出了一個匪夷所思的戰術，其中需要用到引蛇出洞、將計就計、甕中捉鱉等計謀，看起來很明瞭，但施行起來一點都不簡單。

陳霖贊成了，沒有別的，因為他覺得可行。

比起整天提心吊膽，主動解決敵人，難道不是更好的方法？經過了一夜的沉思，他不願再保持沉默了。

更何況，胡唯的計畫成功率不低，他們為甚至為它取了一個很有噱頭的名字——死而復生。

一個能讓幽靈獲得新生的方法！

早上六點整，新的一天開始，也是這個計畫實施的時刻。門口，陳霖和阿爾法兩人整裝待發。

「隊長！」

許佳擔心地看著陳霖，老么、胡唯等也皺起眉頭。

唐恪辛看了看陳霖，又看了看跟在他身邊的阿爾法，突然冒出一句。

「之前那個賭約，還有效。」

本來興致勃勃的阿爾法，一下子苦了臉。

「小辛，辛辛，糖糖？你說的那個賭約都是哪個年代的事情了，不該還算吧？」

唐恪辛不理他的哀求，保持沉默，毫不妥協。

「好吧，我會牢牢記著的。」阿爾法無奈認栽，「簡直就是獨裁，為什麼我們這邊主要的實力擔當會是這麼一個冷漠的傢伙。」

陳霖看向唐恪辛，兩雙同是黑色的眼睛對望了幾秒。

「我們出發了。」

陳霖告別。

身後，所有的同伴看著這兩個將去執行第一步計畫的幽靈。

「隊長，路上小心！」

「注意安全。」

最後輪到唐恪辛，他沉默了幾秒，只說了一句話。

「我等著你。」

陳霖看著他，點了點頭，便推開門離開。阿爾法他身後追了上來，兩人一起向外走去。

「你和唐恪辛之間，是不是發生了什麼？」

阿爾法突然問。

「能有什麼？」陳霖不為所動。

「我總覺得你們之間的氣氛很不對勁，雖然以前就有這種苗頭，但總覺得最近更加令人遐想了。」阿爾法低頭思索，「難道在我不注意的時候，你們勾搭上了？」

陳霖沒聽清他的最後一句話，「什麼？」

阿爾法抬頭，看著回過頭來的陳霖，他的脖子轉過一個弧度，看起來很纖長，很脆弱，很……容易折斷。

「沒什麼。」阿爾法笑了笑，「自言自語而已。」他插在褲子口袋裡的手指動了動，似乎在克制著什麼。

陳霖警惕地看了他一眼，對於阿爾法人畜無害一般的微笑持保留意見。

「是嗎？我不知道你在想什麼，只是希望等一下能配合好就可以了。」

「當然！」阿爾法誇張道，「我們可是最佳搭檔，忘記我們在禿鷲那裡的精彩演出了嗎？」

陳霖不予評論。

上午六點，街上行人稀少，兩個年輕男性一前一後走在路上，目的地是昨天再次發生爆炸意外的酒吧。

「喔噢，還真是壯觀。」

對著爆炸後的一片廢墟，阿爾法嘖嘖稱嘆。

陳霖有些古怪地看著他。

前後兩次，這間酒吧的爆炸都和阿爾法脫不了干係，可說全是因他而起。然而這個罪魁禍首，竟然站在自己的惡果前興致勃勃地打量，好像欣賞藝術傑作一樣。

說實話，論變態程度，陳霖覺得阿爾法和邢非不相上下。

兩個人站酒吧的廢墟前，裝作路人指指點點，事實上，像他們這樣做的人不在少數。即使是一大清早，還是有不少市民圍在這裡，甚至有人拍照留念，將警方設置的警告視作無物。

「我們站這裡，禿鷲過多久才會注意到？」陳霖問。

「如果他們不比我想像中還要愚蠢，早該發現了，大概在揣測為什麼我們要自投羅網吧。」阿爾法笑嘻嘻道。

正如他所想，陳霖和阿爾法出現在酒吧附近不久，老貓就得到了消息。

「他們出現在那裡了，大白天？」

老貓眉間皺出一個川字。

「你又在想什麼？」剛剛從外面回來的邢非換了件衣服，好奇道，「發現他們的蹤跡難道不是好事嗎？」

「一點都不好。」老貓瞪了這個老是不服從命令的傢伙一眼，「自暴行蹤是傻瓜才做的事，我可不認為幽靈都是一群蠢貨。」

「哦？」

「還有，剛剛得到最新消息，剩餘的五個A級也聚集到這座城市了。」

「你懷疑這是陷阱？」邢非玩味道：「他們想引誘我們出去，然後和A級一起將我們斬草除根？」

「不是沒有這個可能。」

「那怎麼辦？你要派人去嗎？」

老貓沉思了一會，對一旁等待的一個屬下道：「帶一支小隊過去，先不要和他們見面，暗中跟著就可以。」

「是！」

邢非不懷好意地笑，「直接派人去不就行了？」

「還不是時候。」老貓道：「最起碼先弄清楚，他們究竟在打什麼主意。」

早上六點半，正是早餐店生意最忙的時候，人們紛紛出門趕去上班上學。

圍在酒吧門口的人更多了，陳霖和阿爾法對視一眼，從街頭離開，拐向另一個路口。

六點四十五分，荀乙從一陣暈眩感中醒來。

他揉了揉腦袋，只記得自己昨晚在執行監視任務，然後……

對了！他被打暈了！

他立刻跳起來，隨即疑惑了。

這是哪？

一間空屋，不，不該說是空屋。

桌上還有沒有拿去洗的餐具，半根油條孤零零地待在碗裡。客廳一團亂，足見不久之前這裡還有很多人。

他不是應該被俘虜了嗎，不是應該被關在陰暗的地下室等待拷問嗎？為什麼會在一間人去樓空的普通民宅？

那群捉自己回來的傢伙，就這麼把自己丟下不管了？

荀乙心裡浮起一個滑稽的想法。

難不成自己被忘記了？不可能吧，哪個綁匪會做出這麼糊塗的事？

同一時間，遙遠街上的陳霖，突然打了個噴嚏。

「怎麼，著涼了？」阿爾法看著他，伸出雙手，大有快撲到懷裡來的意思。

陳霖白了他一眼，看了看天色。

「這個時間，他們應該都出門了吧。」

「嗯。」

「我好像忘記了什麼。」

阿爾法無所謂道：「既然想不起來，那就代表不重要。別在意了。」

Chapter 18

死而復生（中）

「砰，咚，咚咚咚！」

一聲巨大的關門聲，然後是急忙下樓的聲音。

荀乙一直跑出房間下了樓梯，來到人來人往的大街上，這才反應過來自己是在哪裡。

這個熟悉的社區，不就是他們上回捉拿幽靈的地方嗎？他竟然被帶到這個地方來！不過對方為什麼又丟著他不管了？

先不提這些，趕緊聯絡總部才是要緊事。

「參謀！荀乙隊長剛剛發來聯絡！」

正在緊盯陳霖動靜的老貓突然抬起頭來，「誰？」

「荀乙小隊長，就是之前失去聯絡的那一位。」

老貓的眼裡閃爍明暗的光芒，「讓他直接與我聯繫。」

「是，是！我知道了。馬上就到！」

荀乙從陰暗的小巷走出來，想著剛剛接到的命令，心裡雖然疑惑，卻還是按照參謀的話去執行。

而駐地內，邢非不甚明白地問：「剛才不是說只要派人盯梢就好了，為什麼要讓這個荀乙帶人追擊他們？」

老貓道：「我只是想試一試。」

「試什麼？」

「幽靈，還有，這個能從幽靈手中毫髮無傷逃出來的，我們的小隊長。」

聽見老貓加重音在「我們」這兩個字上，邢非若有所悟。

「你懷疑他叛變？」

「是不是叛變，馬上就會知道了。」

陳霖和阿爾法走在路上，並沒有特地避人耳目，他們知道自己很快就會被禿鷲發現。即使如此，他們也沒有料到禿鷲竟然這麼快就動手。現在，他們正被二、三十個人攔在一個深巷之中。

阿爾法道：「我就說奇怪，剛才那個路口為什麼會多出一個施工標誌，硬要人走小路，原來有鴻門宴在這裡等著啊。嘖嘖，你們禿鷲真夠狡猾。」

陳霖無奈地看了他一眼。看到那個明顯不對勁的標誌，還非要拉著自己走小路的不就是這個傢伙嗎？

當時一臉興奮的明明是他，現在對方如願地上門來了，還要裝作一副受害者的模樣。

阿爾法的趣味，真是無法理解。

禿鷲沉默地包圍著陳霖與阿爾法，自信在這樣的夾擊下，對方根本無處可逃。

荀乙一眼就認出了陳霖，聯想前因後果，哪能不明白自己被陳霖算計了。

大概是因為他的眼神太過熾烈，陳霖也轉頭看了過來。

「是你？」

陳霖錯愕了一瞬，他真的忘了這個被自己帶回去的俘虜。

荀乙卻覺得自己被人藐視了，於是他犯了一個不該犯的錯誤。

「是我。」

他帶著報復意味，挑釁地回答。

陳霖一愣，隨即，嘴角勾起一絲若有所思的笑意。

他還笑得出來？荀乙惡狠狠地瞪著對面那個狡猾的傢伙。

「是你把禿鷲的人帶來的？」陳霖問道。

荀乙沒有注意他話裡的陷阱，被怒意侵占了理智。

「是我，怎樣？」

陳霖微笑，像是誇獎下屬一般道：「幹得好。」

現場一片寂靜。

荀乙有些反應不及。這傢伙在說什麼？

陳霖接著道：「我沒想到你做得這麼出色。這樣一來，給你的第一個考驗算是合格了，恭喜。」

「你這傢伙！」荀乙身上冒出冷汗，「你在胡說什麼！」

「祝賀你通過我們的測試啊。你帶來這麼多前禿鷲隊友，完全超出了我們的想像。是不是，阿爾法？」

阿爾法都沒停頓一下，流暢地回道：「的確，我就勉強認可他的能力吧。」

「你們……你們陷害我！」荀乙明白過來，怒氣沖沖地吼，「什麼測試，什麼認可！根本都是一派胡言！我、我……」

他想解釋，周圍隊友看他的眼神卻全都變了，充滿著防備、怒意和懷疑。

荀乙想不明白，只是幽靈的幾句話，就能如此簡單挑撥他們之間的關係嗎？

不，不僅如此。

荀乙突然明悟，參謀下達這個任務時，禿鷲就已經懷疑自己了！誰會相信一個毫髮無傷從敵人大本營回來的傢伙？

這才是幽靈的陷阱！

「我們撤！」

禿鷲的另一個帶隊隊長鄙夷地看了荀乙一眼，做出了明智的決定。

「你們想去哪裡啊，都大老遠地跑過來了，還想走嗎？」阿爾法故意這麼說，拋下陳霖追了上去，禿鷲見狀更認定這是幽靈的陷阱，撤退得更快了。

而不知是有意還無意，阿爾法放過了跪坐在地一臉茫然的荀乙。

只可惜禿鷲撤退得太快，阿爾法只來得及過了一把癮便不見他們蹤影了。他遺憾地回來，看著還跪在地上的荀乙，眼前一亮。

「陳霖！」

「嗯？」

「你之前不是還在考慮用什麼辦法引出老貓他們嗎？」阿爾法笑道，指著地上的荀乙。「現在，不就有了一個很好的籌碼？」

陳霖也笑了，「那真是太好了，雖然我剛剛想到了另一個方法，但雙重保險沒什麼不好。」

惡魔，惡魔！

看著兩個笑意盈盈的幽靈，荀乙陷入絕望。

「話說回來，你剛才竟然想到陷害這個小子，是早有準備？真狡猾啊。」

阿爾法這麼說，幾乎算是誇獎。

「只是靈光乍現而已。要不是他突然跑出來，我都快忘記還有這個人了。這麼好的資源在面前，不利用一下豈不是太傻了？」

「……我對你刮目相看。」

「彼此彼此。」

兩人一邊對話一邊走遠，似乎再次遺忘了身後的悲劇人物荀乙。

不過，即使幽靈放過他，他也無處可去了，因為禿鷲永遠不會再接納這個「叛徒」。

「是嗎，果然。」

接到消息的老貓並不意外。

下屬慶幸：「荀乙真的是誘餌，幸好我們派去的人撤退得及時，才沒有落入他們的陷阱。」

「找到其他幽靈的下落了嗎？」邢非問。

「還沒有。」

邢非遺憾道：「真可惜，我還準備和七號好好玩玩。那麼，陳霖和阿爾法現在在做什麼？」

「情報顯示，他們就在市區內逛街、散步，偶爾還和女孩搭訕。」

「真悠閒，這兩個誘餌這麼明目張膽，是以為我們不敢吞下他們嗎？」

老貓的聲音幽幽傳來，「蚍蜉如何撼樹？以現在的情勢，他們也只能得意一時了。」

邢非微微一笑。他知道，隨著幽靈的地下大本營被攻破，這些流浪於地面的幽靈就是無根之萍，無源之水，遲早會乾涸、枯竭。就算是乾耗，幽靈也耗不過禿鷲。

此時，被認為無所事事的逛街散步誘餌二人組，正和身邊一個清純女孩聊得很愉快。三人相談甚歡，完全就是街上偶遇再搭訕的經典模式——如果不仔細聽他們對話的具體內容。

「陳叔叔！許佳姐讓我轉告你們，其他人全部都到位了，只等你們命令。」

被搭訕的女孩一邊舔著棒棒糖一邊說著情報。她特意穿了一身哥德蘿莉裝，裝扮誇張，便是她親生母親在場也認不出來。

這個女孩正是幽靈的新進編外人員，劉菀宜。

「幹得不錯，小宜。」

陳霖微笑，幫女孩順了順頭髮，低聲道：「告訴他們，按兵不動，一切照計畫行事。」

「嗯！」

在外人眼中看來，似乎是搭訕結束，女孩與兩位怪大叔愉快地告別。沒有人知道，幽靈在禿鷲的監視下完成了一次情報傳遞。而劉菀宜融入人群中，很快就不見蹤影。

「這個小姑娘說不定比我們更適合成為幽靈。」阿爾法托著下巴道，「難道我已經這麼老，到了該退休的時候了？」

陳霖笑，「任何一個正常人，都比我們更適合成為幽靈。」

「什麼意思？」

陳霖看著他，問：「融入人群之中，默默地執行任務，悄無聲息地退去，我認為這才是幽靈的本質。像之前的我們那樣，特意開闢一個碩大的地下世界，規模浩大，名聲大到被其他勢力忌憚，根本就不是正確做法。幽靈直到最近才被聯合清剿，我才覺得奇怪。」

「木秀於林，風必摧之嗎？所以你的意思是，幽靈想要完美執行任務，就必須學會隱匿於人群中？」

「誰知道呢？」陳霖聳了聳肩，「反正這些事不是我這個小人物能決定的，上面怎麼想，我無法知曉。」

阿爾法盯著他看了好久，突然道：「上次我對你說的事，你還想不想知道真相？」

陳霖猛地抬頭看他。他們都知道阿爾法指的是哪件事——陳霖為何會來到地下世界。

「想知道答案的話……」阿爾法笑著，拖長了尾音，「解決完這一切後，我會告訴你的。」

Chapter 19

死而復生（下）

落。

唐恪辛在路上飛奔，他身前是一條長長的小道，身後是他來時的路。他疾走的身影就像一陣風，穿過街頭巷尾，須臾間便掃過了城市的每個角落。

風的步伐驟然停了下來，像是被一道牆堵住了去路，狂風呼嘯卻只能無奈地停下了腳步。擋在唐恪辛面前的不多不少，是五道人影。

「你要去哪？」

為首之人面色蒼白，用乾枯的嗓音問道。

唐恪辛沉默。

「不回答的話，今天就別想通過這裡。」

唐恪辛終於開口。

「我已經完成了你們的任務。」

「只完成了一半。」亞當盯著他，「還有另一半，你沒有做到。」

清剿禿鷲，這是他下達給唐恪辛的另一項命令。

「如果你讓開，我現在就可以去完成。」唐恪辛說。

太陽明晃晃地懸在頭頂，但是小巷內異常陰冷，感受不到絲毫暖意。

「哦？」亞當露出一抹慘白的笑容，「這麼說，你們已經想到了應對禿鷲的辦法？」

一片不知何處而來的烏雲擋住了驕陽，世界裡外都變得黯淡起來。

亞當的聲音輕緩而又漫不經心。「既然這樣，你把方法告訴我們，如何？」

五個A級前後左右牢牢封鎖唐恪辛的逃跑路線。他們冰冷地注視著他，不容拒絕。

轟隆隆——

厚重的烏雲降下了暴雨，在初春季節，這樣雷電交加的天氣並不多見。石子大小的雨滴敲擊在地面上，濺起水花。

路邊的行人紛紛躲閃，路邊的攤販也躲到附近商店的屋簷下避雨。

一時間，整條馬路都清空了，看不到半個人影。

路旁，一家溫暖明亮的咖啡館，與屋外的烏雲密布形成了鮮明對比。大雨傾盆，屋內溫暖安寧的氣氛吸引了不少客人，幾乎每個座位都坐滿了。就連在屋外，也站著一些避雨的行人。

這些客人中，有一人與眾不同。

他既沒有悠閒地喝著咖啡，也沒有無聊地拿出手機打發時間，只是用手指一圈又一圈地劃著茶杯杯緣。

如果有熟悉他的人在，就會知道他此刻十分緊張。他很少緊張，但是每個能讓他緊張起來的敵人，都絕對不可輕視。

老貓抬頭看了看時間，下午一點二十一分。

就在將近一個小時前，他收到了一封匿名簡訊。

「請於下午一點，到室內〇〇咖啡館一聚，當面詳談。如果爽約，請注意可能造成以下兩個後果。

一、貴組織位於室內的所有駐點，將在第一時間暴露。

二、邢非身上所受的神經毒，我們不會提供解藥。」

看見最後一句話，老貓幾乎是立刻抬起頭來。

「你受傷了？」

邢非一臉莫名其妙。

「沒有啊。」

老貓一把上去撈起他的衣服仔細查看，最後在邢非的左手臂關節處發現一個細小的劃傷。因為實在是太細微了，連本人都沒有察覺。

「什麼時候受傷的？」老貓緊緊抓著他問。

邢非不怎麼在意說：「我想想……嗯，好像是去清除一隻地下老鼠時不小心被反咬了一口。真沒想到，他還有能耐弄傷我。」他聳了聳肩，「算我大意。」

老貓看著這個傷口，皺了皺眉，雖然無法確認毒是真是假，但是他絕不能以邢非的性命開玩笑。

「他們約我出去面談。」

「他們，幽靈？開玩笑，難道你要一個人去？」

「我們駐點的位置已經暴露了。這是他們威脅我的理由之一。」

邢非想到了荀乙，這個背叛者至少是隊長級的人物。如果他真的將所有駐地的位置都告訴了幽靈，那的確很不妙。

「又怎麼樣？」邢非挑眉道，「大不了將駐地全部報廢，找地方轉移就好。」

老貓搖了搖頭，「不只如此。」

他盯著邢非，道：「他們還拿了一個我賭不起的籌碼來威脅我。」

邢非摸摸鼻子，「什麼籌碼？」

「你只要知道，我賭不起那個籌碼。」

所以老貓現在出現在這裡。

然而約定的一點半已經過了，身邊的女服務生來詢問過好幾次，等待的人還是沒有出現。

迫於無奈，老貓只能向服務生追加了一杯咖啡，繼續等人。

服務生剛走不久，一個人大刺刺在他面前坐下，毫不客氣，甚至有些霸道。

老貓沒有生氣，因為他知道這就是他在等的人。

對方有一雙很冷靜的眸子，老貓以為自己能從裡面看出一些東西，卻發現，除了倒影子中的自己，什麼都沒有。

「我等你很久了。」他道。

「我們，也等你很久了。」這個陌生的幽靈回答。

老貓下意識地覺得不對勁。燈光下，對面幽靈的皮膚異常蒼白，他在其他幽靈眼中從未見過這般陰冷的眼神。

「你……」老貓察覺出不對，「你是誰？他們呢？」

「他們？」

慘白的人勾了勾嘴唇。

老貓這才注意到，原來這傢伙的手指布滿傷痕，是慣於玩弄刀劍的人才有的一雙手。

「你在等的不是一直都是我們嗎？打從一開始，就四處搜尋我們的消息。

現在，人就在你眼前，卻認不出來？」

老貓的瞳孔瞬間緊縮。

「亞當！」

他拚命克制自己才沒有讓驚呼聲出口。

「竟然是你！」

「我也沒想到。」亞當道，「那些扮家家酒一樣的傢伙竟然可以將你們逼到這種地步，看來，我們倒是同樣輕視了他們。」

從唐恪辛口中逼問出和禿鷲會面的情報，亞當取代了本應該出現在這裡的陳霖，在此刻與老貓見面。

他該感謝那些無能的低級幽靈，要不是有他們為自己鋪路，他還沒機會與禿鷲的大將面對面談話。

老貓深呼一口氣，他沒有預料到這樣的形勢，A級幽靈的首領竟然親自出現在他面前。

「你想要什麼？」他壓低聲音問道。

亞當露出笑容，陰森森的。

「清除你們。」

「不可能。以你們現在的實力，就算想要清剿禿鷲，自己也會損兵折將！」

「無所謂。」亞當不在意，「棋子隨時可以換，但是解決一個大麻煩的機會，可不是隨時都有。」

老貓冷笑，「那也要看你有沒有這個本事。」

「至少在這裡把你殺死，就能除去禿鷲近一半的實力了。」

亞當瞇了瞇眼。

他的眸子像是吸光的黑洞，所有的光線被吸引進去，卻激不起絲毫波動。

「你以為——」老貓一字一句道，「你能夠輕易地殺死我？」

亞當不為所動。

「行不行，總要動過手才知道。」

他們兩個都有埋伏筆藏在暗處，就看動手時是誰占了先機，誰更早掌握了局勢。

掌控大局的人，就掌控著生死。

老貓與亞當都認為，今天他們只有一方能活著走出去。

一人一幽靈驟然靜默下來，空氣幾乎凝滯了，讓人喘不過氣。

啪噠。

一個杯子被輕輕地放到桌面上，打破了寂靜。

「先生，您點的咖啡。」

女服務生很不是時候地插進來，打斷了兩位大人物的對峙，似乎完全不知道自己剛剛做了多大的壯舉。

老貓和亞當同時抬眼看她。女服務生渾然不覺，將咖啡和糖包送上後還貼心地詢問。

「您還需要什麼嗎？」

老貓不耐煩地揮了揮手。

「看來您不需要別的了。」

女服務生嘴角輕輕上揚，露出一個微乎其微的笑容。

這個突兀的回答，讓老貓不由得抬頭多望了服務生一眼。

眼前是一張很普通的大眾臉，走在路上隨處可見，但這個普通的女人，對著老貓與亞當，沒有露出絲毫怯意。

這似乎，不太正常？

轟隆！

一道白光閃過，緊接著是雷聲的轟鳴。

光線閃爍下，女服務生的笑容不知怎地顯得有些詭異。她的聲音在雷聲下穩穩地傳入二人耳中。

「但是，我們老闆要給二位客人送上特別禮物呢。」

亞當幾乎是立即出手攻擊，出刀快得讓人無法看清。

鏘！金屬的對撞聲響起，刺耳鳴音在耳邊迴盪。

亞當死死盯著眼前擋住他攻擊的那把長刀。光滑的刀身、鋒銳的曲線，還有著可以與他比擬的攻擊速度。

「是你。」

他瞪著眼前的人，那是一張冷漠卻毫不退縮的臉龐——唐恪辛。

唐恪辛沒有興致與他對話，刀尖用力，挑開亞當的匕首後就握刀站在一旁戒備。

亞當沒有出聲，只是死死地盯著他。

老貓也沒有動作，他的視線從唐恪辛轉移到女服務生身上。

「果然，是你們。」

女服務生笑了笑。

「先生們，還沒有告訴你們禮物是什麼呢。那可是我們老闆，不，那可是我們隊長精挑細選，為兩位準備的禮物。」

「陳霖？」老貓道：「是他約我來的吧，他為什麼沒有出現？」

「總要等主角到齊，最後的大反派才出現吧。」女服務生笑著看向門口，「你瞧，他現在不就來了嗎？」

叮鈴，鈴——

掛在門上的鈴鐺傳來一陣悅耳的鈴音，又有客人進入了這間客滿的咖啡館。

收起一把滴著雨水的傘，一個人影出現在門口。

看著那道人影，老貓眼中平穩無波，亞當似乎有些不敢置信。而唐恪辛，他緊了緊刀，繼續自己的責任。

「外面的雨下得真大。」

收起傘，在所有人的注目下，陳霖面帶微笑地走近桌子。

「看來你們在這裡談得很愉快，兩位。」

老貓冷冷地看著他，「你究竟有什麼目的？」

「很多。」陳霖回答。

老貓瞇了瞇眼，「做人不能太貪心。」

「你以為我會答應你？」亞當像毒蛇一樣的眼睛注視著陳霖。「我為什麼，要答應一個低級幽靈的條件？還是說，你以為把我騙到這裡，就可以為所欲為？」

「你的問題有兩個根本性的錯誤。」陳霖笑著看他，「首先，自從你們拋棄我們，我們就不再是你的下屬，不存在比你低階這個概念。其次——」他拖長了語音，愉快道，「這不是一場談判，傲慢的一號先生，談判是公平的，而這是拿你的性命做籌碼的威脅，就看你願意花多少代價來買回它。」

「你——」

亞當剛想發怒，卻停了下來。

安靜，周圍實在太安靜了，除了他們的談話聲，就再也沒有任何聲響。

這可能嗎？在一間客滿的咖啡館，會出現這樣的寂靜嗎？

這間店內幾十號人以及屋外那些避雨的路人，彷彿都只是一場戲劇中的配角。舞臺是他們的，路人甲只需要默默觀賞就好了。

這是現實，不是舞臺，卻出現了和舞臺一樣的效果——所有人都在注視著他們。

無數雙眼睛，緊緊凝視著他們。那些原本在咖啡館休息的客人，全部停下了手中的動作。

「你終於注意到了。」

站在那無數視線中，陳霖一點也不緊張，「那麼，就容我再問兩位一遍：你們願意花多少代價，買回自己的性命？」

凝固的空氣無聲地燃燒起來，令人口乾舌燥。

亞當看著陳霖，幾乎是咬牙切齒地問：「什麼時候？」

什麼時候開始，他落入陷阱，踩進這個狡猾傢伙的包圍圈！

「該怎麼說呢？也許是從你們踏進這間咖啡館開始，又或許是在你盯上唐恪辛，逼問他情報時。也說不定是更早，在你們決定拋棄我們，將我們當作棋子利用的時候。」

陳霖緩緩道：「這個陷阱，或許從那時就開始布下了——當你們，想要剷除我們的時候。」

他輕輕拍了兩下手。

啪，啪。

在座所有客人齊齊放下手中的物品，看向陳霖。他們臉上毫無表情，眼神裡卻有著克制不住的火焰。

陳霖揮了一下手。

屋外避雨的客人同時默契地站好，各自占住不同的方位，將咖啡館所有窗戶都遮擋住，一絲縫隙不透。

一個巨大的陷阱。

兩隻上了鉤的肥美獵物。

一個史無前例的計畫，將禿鷲和A級一網打盡。

整整三百多名倖存的幽靈，將近一百人在屋內，近一百人散布在屋外，還有一百人在附近待命。

他們偽裝成普通人類，將這個地方包圍得密不透風，卻絲毫沒有引起注意。

試問，隱藏一粒沙子最好的方法是什麼？當然是將它扔進沙漠之中。

而變成普通人類，融入人群之中的幽靈，又怎麼會引起別人注意呢？因為他們一開始，也都只是普通平凡的人類而已。

這是最完美的偽裝，也是最完美的陷阱。

引誘老貓前來的條件不過是誘餌。被引誘的老貓，則成了勾引A級的誘餌，只有當他們都鑽入了這個甕中，計畫才算成功。

「你有什麼目的？」

在整整三百對一的局勢下，亞當不再強勢。

「我說過，我的目的很多。」陳霖輕聲道。

在他身後站著的每一個幽靈，許佳、盧凱文、老么……他的隊友、願意跟隨他離開地下世界的同伴。每一個，都是他肩上的一份重擔。

從開始策劃死而復生的計畫開始，走到如今這一步，既有機緣巧合，也有每一個人的努力。

而眼下，就是摘取最終的果實的時機。

「兩位請注意，現在我要提第一個要求——」

老貓與亞當睜大眼，看著眼前人的唇瓣一啟一合，說出許多令人不敢置信的話。兩個來自不同組織的大人物，從震驚到麻木，又從麻木變駭然。

最後，陳霖露出笑容，停止了陳述。

世界陷入一片安靜，在這樣的無聲中，雨停了。

一滴，一滴，落下最後一道雨絲。

太陽從屋外照射進來，映在屋內每一個人身上，染上一片昏黃。太陽，正在緩緩向西沉去。

陳霖拿著所有籌碼和對方談判，老貓和亞當別無選擇，而幽靈們則安靜地坐在原位，等待著屬於他們的未來。

這既是一個結束，也是一個開始。

如果他們還能擁有未來，那必定是像是眼前的夕陽一樣、溫暖又可以期待的明天。

「最新消息，市內酒吧連環爆炸案真凶已經落網。」

「本臺快訊，美國國務卿，將於下個月訪問我國。」

「國內航太研究取得巨大突破，有望在來年發射第十三號航太火箭。這次的發射，是極具展望性的一次……」

啪——

關上電視機，屋內的人走出屋子。

看著樓下熙熙攘攘的人群。

這個世界每一秒都在變，卻不是他這樣的小人物能改變的，唯一有能力變化的，只有……

「早飯做好了。」

他身後不知何時多出一個人影。

手拿鍋鏟，身繫圍裙的男人皺眉。

「洗手，穿件衣服，然後去吃早飯。」

他苦笑地看著對方。

「我只是出來透透氣。」

「上次淋雨，你感冒還沒有好。」男人揚了揚眉。「還是說，你想再淋濕一次？我可以親自動手。」

「你……」

叮咚，叮咚！

門鈴突然響起，打斷了醞釀中的氣氛。

砰砰咚咚，門外響起了不耐煩的敲門聲。

「隊長，老大，在不在？那邊又派了新的任務給我們，老么猶豫要不要接，所以來問你們！」

砰砰！又是兩下敲門聲。

「人呢？難道不在家？」

「哎呀，小凱文，你怎麼還是這麼笨呢？」另一道聲音從門外傳來，帶著調侃。「這個時間點，有誰這麼早就出門？」

「那……他們為什麼不來開門？」

「當然是在做一些不能讓我們看到的事情。」

「什麼事情？」

「就好比……」

陳霖實在聽不下去了，跨過一旁的唐恪辛就去開門，不然阿爾法那個傢伙還不知道要對盧凱文胡說八道到什麼時候。

「唔！你幹嘛？」

他路過唐恪辛時，猛地被一把拉住，腳下不穩，恰好倒在對方胸前。

「我突然想到……」唐恪辛放低聲音。

「什麼？」陳霖疑惑。

「阿爾法說的『不能讓他們看到的事情』，我好像一件都還沒有做過。」

陳霖瞪大眼，看著唐恪辛的臉在自己眼前越放越大，嚇得動也不敢動。

這時候，門外。

「為什麼老大他們屋內一點聲音都沒有，他們真的在做你說的那些奇怪的事嗎？」

「就是因為沒有聲音，才代表他們在做不可告人的事啊，因為不想讓我們聽見嘛。呵呵，別急，我知道一個偷窺的好地方，你跟我來。」

兩人腳步聲遠去。

陳霖心裡怒喊：阿爾法，不要給我亂來！

比起偷窺，現在來個人從唐恪辛這裡把他救出去啊！

「開玩笑的，你為什麼這麼緊張？」唐恪辛鬆開他，眼中難得有一絲揶揄，「吃早飯吧。」

在陳霖怒目相視下，唐恪辛優哉遊哉地離開。

說起來，自咖啡館事變，與另外兩方達成協議已經快兩個月了。

禿鷲按照約定，退出國內。

亞當為求自保，許諾不再對他們出手。

陳霖當然不相信他們如此輕易妥協，他需要的只是一個緩衝期。利用這段時間，他迅速安排好了地下世界倖存者的去向，重新為他們爭取到合法身分。

正像陳霖承諾的，他們不再是幽靈，而是人類。

在這之後，陳霖嘗試以合作的方式與原地下世界掌權者展開協作，一同對付禿鷲。

他們具有價值，又身懷地下世界的祕密，對方沒有繼續清剿他們，非要勢同水火不可的理由。

一切都有條不紊地以肉眼可見的速度改變。

這就是，我們力所能及的改變。

即使在最黑暗麻木的世界，也有人努力讓自己與同伴生存得更好。

昨日的夕陽落下，但是今天的朝陽才剛剛升起。

「你做的早餐都冷了。」

「那就重做。」

「不嫌麻煩嗎？」

「不會。」向來冷血的男人道，「我喜歡這種感覺。」

「哦，什麼感覺？」陳霖故作不解。

「可以盡情耗費時間，在廚房做一頓並不只是為了果腹的食物。這會讓我感覺自己還活著。」

看著身前人，唐恪辛又多加了一句。

「在你身上耗費時間，看著你一點點成長，也會讓我感覺到活著的樂趣。」

陳霖看著他好一會。

這是個陰錯陽差成為自己室友的男人。不可否認的是，就是在與唐恪辛相遇之後，才讓他心中的瑩瑩之光變成燎原之火。

黑暗的地下世界，這個男人的存在，以及他每一次釋放的善意，讓陳霖察覺自己也有掙扎求生的可能，並不顧一切抓住那一絲希望。

「我也是。」

陳霖微笑說。

謝謝你，讓我死而復生。

——《死而復生04》完

——《死而復生》全系列完

Side story

在那之後

在那個改變幽靈命運的一天結束之後。

晚上，陳霖和唐恪辛，帶著劉苑宜來實現他們的約定，讓這個女孩再見她的父親一面。

出乎意料的是，唐恪辛帶他們來到一座垃圾處理廠，汙濁的空氣直竄入鼻。因為不久前的大雨，汙水和雨水混在一起，流滿了所有可以落腳之處。

只是看著，就讓人不想再踏近一步。

陳霖站在垃圾處理廠的門口，不可思議地問：「禿鷲之前就是把我們的人關在這裡？這是他們的祕密基地？」

唐恪辛還環視四周，道：「我來的時候，還沒有這麼糟。」

因為那時候還沒下雨。

雨水並不能清潔所有汙垢，相反，在更加藏汙納垢的地方，只會讓一切變得更加渾濁髒汙。

有些被玷汙的東西，無論如何都洗不乾淨。

「隊長！」

一個小隊隊員跑了過來，「我們進去搜查過了，什麼都沒有。」

陳霖皺眉，唐恪辛瞭然，劉苑宜握緊了手。

這個隊員，正是之前被關在這裡的二十名人質之一，他是從這個祕密基地裡逃出來的，對於逃生路線和禿鷲的內部配置，應該再熟悉不過。

可是他竟然彙報說，裡面什麼都沒有。

這意味著禿鷲撤退得很乾淨，沒有留下一絲痕跡，沒有任何證據，沒有任何情報，以及……沒有老劉。

老劉去了哪裡？

他還，活著嗎？

陳霖轉頭看向唐恪辛。

「你怎麼看？」

劉菀宜緊張地看著他們，就像在等待宣判的死刑犯一樣面色蒼白。

唐恪辛望著遠處高高堆起的垃圾山，道：「來之前，我認為還有百分之一的可能。」

「現在呢？」

唐恪辛收回視線，看著陳霖。

「很遺憾。」唐恪辛解釋道，「這裡的位置，不適合禿鷲運輸傷患或屍體。按照撤退時的情況，他們也沒有餘力這麼做。所以最大的可能，就是直接將老劉丟在原地。」

「但是，爸爸不在裡面啊！」劉菀宜辯解道。

「是啊，不在那裡。」

唐恪辛看著她，眼中閃過一道微芒，不知是嘲笑還是憐憫。

「正因為這樣，我才認定他不可能活著。」

「為什麼！」劉菀宜追問。

「如果他還活著，禿鷲帶走他時不可能躲過我們的視線。首先，任何組織都不會對一個雙重叛徒留情；其次，老劉沒有讓禿鷲饒他一命的價值。他被殺了，卻不見他的屍體。有誰會這麼做？在殺人後費盡心思地藏起屍體，只是為了逗我們玩？還是，為了取樂他自己？」

唐恪辛道：「在我的認知中，禿鷲裡會這麼做的只有一個人。」

「邢非。」陳霖嘆了口氣。「你知道他把老劉藏在哪裡吧。」

唐恪辛看向他們不遠處的那座垃圾堆。垃圾散發著惡臭，沒有人願意接近。這個世界上汙濁的地方，從來不會因為雨水洗滌而變得乾淨。

劉菀宜的眼睛慢慢瞪大。一個垃圾堆，一個布滿汙垢髒臭不堪的地方，竟然是父親的埋骨之地嗎？

「不，我……」

女孩承受不住衝擊，踉蹌地後退。

「不、不會的，爸爸，爸爸他……」

陳霖從後方扶住她，壓低聲音，道：「他在那裡。」

「不，不，不可能！那裡那麼髒，那麼臭，那麼黑！要是爸爸在那裡，他會有多難受！他怎麼可能在那裡。」劉菀宜的雙眼中醞釀著痛苦，「如果爸爸在那，我……我……」

「他在那裡，那個垃圾堆。」陳霖殘酷地道出事實。

事實上，隨著雨水的擴散，一些輕不可聞的氣味隨著汙水從垃圾堆裡流散了出來。

那是血的味道，陳霖聞得出來。

在這個髒得看不清顏色的汙水中，有著曾經火熱卻已經冰冷的血液。

陳霖說：「他在那裡。不過他已經死了，不會再感到痛苦、寒冷，也沒有嗅覺、觸覺。所以那個垃圾堆對他來說，就是一個平常的墓地而已。但是他活著時，做出了最了不起的事情，他救了很多人。」

劉菀宜終於願意抬起頭，看著陳霖。

「也包括你嗎？」

「包括我。」陳霖認真地說。

如果沒有老劉奮不顧身地攔截，二十個人質也許無法平安逃脫。

還有，唐恪辛在老劉身上打了一個賭。

攔截人質逃跑的，一定是邢非。他在賭，老劉究竟會拚到哪個地步？他會怯弱地等死，還是衝上去進行豁出性命的一搏。

事實證明，唐恪辛賭贏了。

老劉不僅與邢非交手，還在他身上留下了一道傷痕。

咖啡館事件之前，唐恪辛曾經返回現場，雖然沒有找到老劉，但是他察覺到了邢非受傷的痕跡。陳霖就是利用這道傷痕，才用不存在的神經毒將老貓騙了出來。

因為小人物老劉的一個小小舉動，他飛蛾撲火，臨死時的奮力一搏，為他們換來生機。

他永遠記得那一次老劉的眼睛——他眼裡還有光。

「妳父親，救了我和很多人，還包括這個冷冰冰像木頭一樣的傢伙。」

唐恪辛似乎不太樂意承認，只是皺了皺鼻子，沒有多說什麼。劉菀宜見他這副模樣，竟然破涕為笑。

「要是我爸爸他知道，一定會很開心。」她道，「他竟然憑自己的力量，改變了很多比他強大一百倍的人的命運。知道了以後，爸爸他一定會得意洋洋。」

陳霖驚訝地看著如此快就轉變了情緒的女孩。

劉菀宜，究竟還是和普通人不一樣。或許是家庭的異變，或許是個人的早熟，比起一般的孩子，她對這世界有著更深的理解。

「陳叔叔，你剛才說這個垃圾堆就等於我爸爸的墓地。」

陳霖點了點頭。

「我覺得這個墓地一點也不好看，而且這麼大又占地方。陳叔叔，我們把爸爸火化了吧。」

劉菀宜不知是下了怎樣的決心，看著陳霖，道：「雖然爸爸已經感覺不到了，但是我想讓他在最後都是溫暖的。」

「……好。」

火焰燃燒起來，巨大的火柱瞬間點燃了整個垃圾堆。

骯髒汙濁的垃圾在火光中被染上一層色彩，是溫暖明亮的顏色。

他們三人在遠處看著熊熊燃燒的火堆，燃燒的熱度隔了這麼遠依舊能感受到，灼燒著他們的皮膚。

「真好。」劉苑宜喃喃，「這樣爸爸一定會很暖和。」

星星點點的火星隨著燃燒蒸騰的熱氣升起，飛上夜空。燃燒的垃圾堆，竟然出奇地美麗，就像是從地上升起了星星。

髒汙不堪的事物，或許溫柔的雨水無法清潔它，熱烈沸騰的火焰卻可以給予它永恆的安靜、蛻變的美麗。

陳霖看呆了。

「真希望我死的時候，也能有這樣一場大火。」

讓靈魂和燃燒的火焰一樣炙熱，這或許是一種奢求？

「不可能。」

唐恪辛斜他一眼。

「我不會讓你死在別人手裡、死在其他地方。」

「意思是你會親自殺了我嗎？」

唐恪辛沒有回答，陳霖輕輕笑了。

「那也不錯。」

「喂，隊長！」遠處有人急忙跑來，「快跑！火燒得太大，消防隊和記者都趕過來了！我們得趕緊撤！」

陳霖和唐恪辛對視一眼，拉著還在欣賞美景的劉菀宜就跑。

嗚笛聲近在咫尺了！

一群縱火的元凶，在陰影的掩護下悄悄撤退。果然，縱火不是人幹的事啊，也不是幽靈該幹的事。

——番外〈在那之後〉完

Side story

眾人皆醉我獨醒

阿爾法：滿世界都是神經病。

手從瓶蓋劃過，被突起的刺戳傷，一個紅點從手指上冒了出來，逐漸凝聚，最後化為血滴掉落在地上。

落在地上的血珠與地面融為一體，鑽入土中，只留下一個淺淺的痕跡。

從頭至尾，手的主人都沒有注意到這個小傷口，等他喝完水，看見瓶蓋上莫名染紅的一塊時，才反應過來。

原來手被劃傷了？可是，一點都不痛。

不僅是這種小傷口，哪怕是被利刃劃出血口，被子彈擊中，甚至斷手斷腳，恐怕他都不會有疼痛的感覺。

痛是什麼？

對於阿爾法來說，這是一道無解的題。

同樣，快樂是什麼，那些讓普通人愉快和幸福等等的正面感受，他也無法察覺。

有時候，阿爾法看著周圍的人露出痛苦或者是快樂的表情，都覺得他們是不是有毛病。不然，為什麼一個好好的人，總是那麼情緒多變？

最早是在他母親死去的時候，看著眾人痛哭流涕，阿爾法無法理解，他只是感到解脫。那個女人死了，他輕鬆了，不會再有人使喚他、虐待他。

從那以後，阿爾法就經常感受到其他人以異樣的表情看著自己。

似乎是因為他在該哭或者該笑的時候，總是毫無反應，他因此被排擠。阿爾法其實無所謂，但是被排擠會引來麻煩，所以從那時以後，他學會了一種表情。

笑，阿爾法覺得這是最萬能，也最容易學會的一種表情。

別人怒罵你的時候，微笑，會被看作寬容。

有人莫名其妙地流淚的時候，微笑，會被看作善良。

那些人不知道，這種寬容、善良，不過是一張面具。

然而有時候，阿爾法無法把握住尺度。為什麼自己笑了，那些人看自己的眼神卻更異樣，甚至厭惡？真是麻煩吶，人類這種情感多到無聊、乏味又愚蠢的生物。

阿爾法不耐煩了，索性不再偽裝，對於每個看自己不順眼或者自己看不順眼的傢伙，採取最簡單的方式——再也用不著見到對方，永遠一了百了的方法。

就這樣不知過了多久，直到阿爾法順其自然地成為幽靈。他突然發現，在地下世界的傢伙比地上的人好相處多了，因為他們大多和自己一樣，沒有感情。

不過這個時候，阿爾法又學會了笑。

在這裡露出笑容，配上足夠的實力，得到的不是別的，正是畏懼。

畏懼是阿爾法最喜歡的一種感情，也是最直接、最方便，連他也能明白的情緒。

阿爾法喜歡將地下世界的幽靈們分類：實力弱小的垃圾、實力一般的炮灰，還有實力與自己相同甚至更高的伙伴。

他樂於與伙伴們交往，他們往往話不多，而且能明白自己的意思。

其中，最讓阿爾法感興趣的就是七號。

七號是個與他一樣感情淡漠的傢伙，不過與自己不一樣的是，七號有些奇特的小癖好，喜歡養寵物和下廚，似乎想要藉此證明他還是一個正常人。

阿爾法常常感嘆七號在做無用功，不過也不關他的事就是了。

不過，一個不守規矩的傢伙打破了這份平靜。一個明明是垃圾，自己卻不能動手解決掉的麻煩傢伙。

要不是七號盯著，阿爾法早就悄悄除掉他了。

這個再普通不過的雜碎，應該在他的生活裡一閃而過，然後在某個角落默默死去。事情卻走上了另一個路線。

幾次接觸下來，阿爾法發現了一個祕密。陳霖看著他人時，眼裡的神采和自己是一樣的！一模一樣！

沒有光、沒有情感，像是看著周圍的小丑上演鬧劇。

無論是參加特訓，還是被自己扔到孤島，陳霖眼裡的情感和表面上表現出來的情緒截然相反。他根本一點都不在乎，還裝出一副在乎的模樣。

這個本該和自己一樣的人，卻做了許多愚蠢的事情。

保護隊友、團體合作、身先士卒？只要一想起來，阿爾法就覺得反胃！他像是看著世上另一個自己在玩扮家家酒，噁心得渾身雞皮疙瘩都起來了。

陳霖，這個虛偽的傢伙比自己聰明多了，他偽裝得更真實。

他假裝自己有感情，周圍的人也對他回以感情，通過這種方式，他活得像個正常人，一個和普通人一樣嬉笑怒罵的正常人。

看著本該是自己同類的傢伙，漸漸被那些沒用的情感束縛住，甚至連七號都在陪著他玩遊戲。然而受限於唐恪辛的庇護，阿爾法遲遲無法拿陳霖怎麼樣。

他只能咬牙切齒地看著陳霖，這個不正常的傢伙！

究竟是誰不正常？

阿爾法曾經也懷疑過自己是不是精神有問題，因為太多人質疑過他了。不過後來阿爾法決定不再煩惱這個問題，那些覺得他精神不正常的傢伙才全都是瘋子。從此，他頗有一種世人皆醉我獨醒的優越感。

現在，陳霖走上了一條與他截然不同的道路，是自己不正常，還是對方神經病？

可悲的人。阿爾法替陳霖祈禱，又一個精神不正常的患者在世上誕生了。

這個無聊、枯燥、乏味的世界，究竟還要誕生多少總是莫名哭泣笑鬧的神經質傢伙呢？像自己這樣理智鎮定的人越來越稀少了。

哎，寂寞。

雖然很惋惜陳霖也走上了精神疾病患者的道路，不過，阿爾法對這個前同胞的興趣還是未減。不，是越來越大了。

他一直在觀察陳霖，觀察他與他隊友的互動，與唐恪辛之間有趣的交流，以及——他對自己的殺意。

真是有趣，一個弱小的人，竟然不自量力地對上位者產生殺意？

難道是自己說的話，引起了他的警戒？

要不是唐恪辛及時趕到，那次阿爾法真打算抓住陳霖，神不知鬼不覺地把他帶到某個無人知曉的地方，仔細研究一番。這個人的腦子裡究竟是哪一塊產生了異變，才和自己有這麼多不同之處？

痛是什麼，快樂是什麼？為什麼笑，為什麼哭，為什麼又要流淚？

這些問題，阿爾法以前從不屑於問人。但是，他現在突然產生一種衝動，他想要問陳霖，讓他告訴自己答案。

阿爾法發現自己似乎產生了某種奇妙的變化，他想要瞭解陳霖。比如，他為什麼笑，為什麼生氣，為什麼痛苦？

上次他為什麼想殺自己？下次說些什麼，他才會再次對自己產生殺意？

阿爾法覺得，自己似乎對陳霖的每一次變化、每個表情、每種眼神，都很有興趣。

在禿鷲囚牢裡，他終於蠱惑陳霖將匕首捅進自己身軀。

那一刻，他知道答案了。

原來這就是痛苦嗎？

利刃刺進肌肉的感覺，火辣辣的，被那雙冰冷的眼睛注視著，卻又感覺心裡一片寒冷。

而原來身體裡湧出來的血竟然那麼熱，為什麼之前一直都沒有注意到呢？還有那個貼近自己身邊、屬於另一個人的體溫，也是溫熱的。

很新奇的體驗。可惜，這只是個小遊戲，不過這個小遊戲讓阿爾法產生了更多逗弄陳霖的興致。

似乎在陳霖身上，自己能找到被稱為「樂趣」的東西。

地下世界的顛覆、幽靈的復仇、圍剿與反抗，阿爾法都不感興趣。看著一心一意做這些事的陳霖，卻是一件有趣的事。

「在一切結束之後，我告訴你你被選為幽靈的真相，如何？」

看著陳霖因為自己的一句話動搖的模樣，阿爾法心情不錯。繼續陪這個傢伙玩遊戲的感覺，似乎也不賴。

思緒回到當前，扔掉手中喝空的瓶子。阿爾法又這樣發呆了一下午。

其實他很想快點逗弄陳霖，不過，七號禁止自己每天騷擾他。對於七號，阿爾法束手無策，在不想兩敗俱傷的情況下，他拿七號一點辦法都沒有。

哼著小調，阿爾法站起身，說起來，他在這裡坐了多久了？

算了，反正不是什麼值得在意的事。

「啊，阿爾法老大！」

盧凱文看見像殭屍一樣坐了兩天的人終於起身，喜出望外。

「您要外出嗎？」

阿爾法沒反應，嘴角那抹詭異的笑容讓盧凱文不敢逾矩。

「昨天隊長說，如果你醒了後有時間，就去找他、他……」

那個人站著一動不動，只是眼珠轉了一圈盯著自己，盧凱文覺得背後汗毛都豎起來了。

「他在哪？」

阿爾法出聲，雖然因為幾天沒說話，聲音聽起來沙啞恐怖，不過盧凱文總算鬆了口氣。

「隊長和老大似乎在外面執行任務。」

「哼。」

阿爾法不快地輕哼了幾聲。

「不去。」

「啊？」盧凱文為難，「但是，隊長說這次的任務很需要您的說明。」

阿爾法耳朵動了動。

「他親口說的？」

「應該……不，是的，隊長親口說的！」

來自動物對危險的應對本能讓盧凱文及時改口，然後，他看到了阿爾法露出了微笑。

「告訴我地址。」

盧凱文匆匆報上地址，就見阿爾法風一樣地飄出去了。

真的是飄。

一個兩天沒吃飯，從上回去了隊長和老大那裡後就一直發呆到今天的人，就這樣出門真的沒問題嗎？不會半路猝死嗎？

阿爾法全然不在意那些。他腦子裡想的是，今天該怎麼逗弄陳霖好呢？是繼續用他關心的事挑撥他，還是惹他生氣？似乎兩個都不錯。

一想起陳霖每次欲言又止，想知道真相又不甘心來問的表情，阿爾法總覺得很愉快。

陳霖究竟為什麼會成為幽靈，真的是阿爾法之前說的那個理由嗎？

噓，這可是個祕密。

誰，都，不，說，哦。

「哼，哼，我有一個小祕密，小祕密，我誰都不說，不說……」

具。

手插口袋，阿爾法愉快地走遠。

在這個充滿神經病，只有自己一個正常人的世界，他總算找到了好玩的玩具。

至少，有那麼一點點不寂寞了。

——番外〈眾人皆醉我獨醒〉完

Side story

旅夢盡

人生好似一夜長夢，嬰兒是夢的開始，老朽是夢的結束。

然而陳霖還沒等到老朽，就已經結束了一場夢境。

當他重新回到地表生活，過去在地下世界經歷的一切，無論曾經多麼記憶清晰，最終也變得恍然如夢了。

時至今日，他竟然記不清地下世界所經歷的大部分事情，唯一記憶猶新的只有老劉將自己引入地下時那盞閃爍搖擺的燈火。

「這是老年癡呆。」盧凱文說：「我們在地下世界過得那麼淒慘，這種刻骨銘心的記憶你也能忘？」

「說什麼啊你！」許佳立刻反駁，「隊長這是胸襟寬闊、放眼未來，做人幹嘛總是回憶那些不開心的事。」

「我懷疑你這是嚴重的自我心理暗示，因為不想回憶，所以記不清楚。」胡唯一本正經，「要不要去醫院看一下醫生？」

陳霖無奈地看著三個伙伴，嘆道：「我不是真的不記得，只是現在想來，覺得那種生活很遙遠。你看看我們幾個，雖然不能回去見家人，但有了新的身分，大家都有了安穩的工作。」

陳霖說：「比起現在的生活，地下世界那些打打殺殺的日子倒顯得不真實了。」

這時候，唐恪辛提著一把長刀從幾人面前默默走過。

作為少數幾個不適合正常生活、依舊選擇刀頭舔血的傢伙，他剛剛結束一個任務歸來。

「不用看我。」他說，擦乾長刀上的血跡，「今晚吃地鍋雞。」

一旁幾人目送著殺神大人走入廚房，過了好一會，有人轉頭盯著陳霖道：「這樣，你還覺得那些人的日子不真實嗎？」

許佳乾笑：「一邊打打殺殺，一邊過正常日子。隊長，你身邊不正有一個典型的例子？」

「就是這樣，才覺得不真實。」陳霖面無表情道，「你們知道他嫌廚房刀具不夠鋒利，都是直接用那把長刀切菜嗎？你能想像我們等等吃的地鍋雞，是用剛剛還沾了人血的刀做出來的嗎？」

廚房裡應景地響起砰砰的切菜聲。

盧凱文咽了一口唾沫，道：「既然這樣，你為什麼不幫唐恪辛老大重新介紹一份工作呢？」

「我沒試過嗎？」陳霖道，「他一沒學歷二沒技能，能做什麼！他甚至連智慧型手機都不會用！」

「不會吧。」許佳不相信，「地下世界也有現代科技，他運用得不是挺好的嗎？」

胡唯戳了一下眉心，分析道：「地下世界的科技與日常運用的科技截然不同，你們發現沒？那裡的科技都是以保密、快捷、實用為第一要義，除了必備功能，其實非常簡潔。而現實生活中像智慧型手機這類物品，設計原理完全不同。

「手機上有很多以娛樂為目的的功能，還有每日不斷翻新的APP。你們覺得一個習慣便利高效科技模式的人，會使用這種民用娛樂化的產品嗎？我想，唐恪辛不會使用智慧型手機，只是他和現代社會脫節的一個方面吧。」

「正是如此。」陳霖說，「所以我放棄了。」

「蔥沒了，我去買蔥。」

身為話題的當事人，唐恪辛毫無感覺，穿上外套，從他們中間走過。

「……的確挺不真實的。」盧凱文看著這位大哥的背影，苦笑，「這樣完全不適應現代正常生活的人，竟然如此熱衷廚藝！」

「現在你們明白我的感受了吧。離開地下世界後，大家都在以正常的方式生存，唐恪辛的存在，卻時時刻刻提醒著我關於地下世界的過往。然而他有時候又比我更會過日子。做飯、家務、打掃，他沒有一個不擅長。」陳霖無奈道，「搞得我已經分不清什麼是現實，什麼是不現實了。」

胡唯推了推眼鏡。

「你這是在向我們炫耀嗎？」

陳霖一愣。

「是啊，隊長！有人專門當你的家政夫哎，還兼免費打手，你有什麼不滿意？」

「我……」

「我看他就是生在福中不知福。」

陳霖哭笑不得。

「你不妨這樣想。」胡唯說，「如果你沒有經歷過地下世界，沒有遇到唐恪辛和我們，你現在過的又是哪一種『現實』？」

不僅陳霖，連許佳和盧凱文都沉思起來。

許佳道：「我應該還在讀大學，每天醉生夢死。說不定哪天腦袋一個不靈活，就被兄弟姐妹坑了成為家族內鬥的犧牲品。而到了地下世界，如果沒有遇到隊長，我大概活不過一週就死了吧。這麼想想，我運氣真好啊！」

「我……我應該已經死了。」盧凱文說，見其他人詫異地看向他。他連忙舉手，「是真的！那時候要不是被人帶到地下世界，我應該已經被一群混混打死了。在地下世界如果沒有遇到陳霖，我不是當個憤世嫉俗的憤怒青年，就是一味地做老好人然後被吃得連皮也不剩了吧。」

「你呢？」胡唯看向陳霖。

陳霖思考後，說：「如果沒有經歷那一場『死亡』，我至今也不會知道什麼叫『活著』。」

「就是這樣。」胡唯說，「在地下世界，我們每個人都遭遇到了不好的事，但如果沒有那段經歷，沒有遇到彼此，我們將渾渾噩噩，並不比一個真正的幽靈好多少。

「所以，地下世界的經歷現不現實，或者覺得它是一場夢魘，都不重要。」他看向陳霖，「重要的是，在那一場夢魘之後，我們都從殘缺不全的人，變成了真正明白生命意義的人。」

「哇，你好能說啊！」許佳讚嘆地看著他，「你做幽靈之前，一定是大學教授對不對！」

胡唯笑了笑，不置可否。

「可是大學教授為什麼會被扔到地下世界？你是不是做了很多不好的事，比如猥褻女學生？」

胡唯臉色大變。

「我沒有那種興趣！」

「哦，那就是你猥褻男學生！」

身邊的同伴又爭吵起來，陳霖望著這一幕，一直籠罩在心中的猶疑突然煙消雲散。

是啊，就當作是一場夢境又如何？

現在，旅夢盡。

而他們，都得到了最好的結果。

「喂。」

家政夫不知何時買好了蔥，端著菜走了出來。

「吃地鍋雞了。」

——番外〈旅夢盡〉完

Side story

歡復新

糖糖私家廚房。

光看招牌和店外裝潢，會以為這是一家很普通的店鋪。

掛在門上的木質門牌用白漆簡單刷就，上面「營業」兩字，「業」的最後一筆貫穿門牌，像是要長出翅膀飛出去，和招牌上好似要扎根到牌面的「戶」那一撇交相呼應。

看得出來，提筆的肯定是個灑脫的人。

因為在大學附近，又是新開的店面，雖然模樣寒酸了些，但是客源不少。等到新來的客人推開還帶著油漆味的門，便會發現另一個小世界。

店內的燈光並不明亮，卻恰到好處，保證了照明功能的同時，也多了一分幽靜，給人更多隱私空間。

一進門，「之」字形吧檯將店面隔成了一個陰陽太極圖模樣，廚師的領域在左邊，客人的空間在右邊。

這兩者之間，水聲潺潺，一道微型的小橋流水布景陳設其上，乾淨清澈的「溪水」從特意開鑿的石溝裡流過，光聽聲音，就能在炎炎夏日帶來一陣清涼。

「哇，老闆好有品味啊。」

客人們這麼感嘆。

然而，這還不是餐廳內最引人矚目的，「糖糖」的最大特色，是店主「糖糖」。

沉默寡言，很少與客人溝通，卻有一手好廚藝，當他專注於做菜時，低頭斂眉的神情足以打動任何少女的芳心。最重要的是，他十分英俊。

於是，帥哥老闆成了「糖糖」的另一個招牌。久而久之，慕名而來的客人從店裡其他人口中知道了老闆的外號。英俊寡言的老闆，搭配甜蜜可愛的外號，反差萌又拉攏了不少客人。

「生意還是這麼好啊。」

正是中午太陽最毒的時候，店內用餐兼避暑的客人坐滿，卻有不速之客進來。

來人混血的外貌吸引了客人的注意力，不少年輕女孩悄悄討論起來。這個陌生人和老闆「糖糖」究竟誰的外表更有魅力。

「今天客滿。」服務生陳霖不客氣道，「如果先生你不是要用餐，請不要打擾其他客人。」

阿爾法朝他吹了聲口哨。

「誰說我不吃飯了，給我來個招牌菜。」

陳霖走過去，不一會又回來。

「不好意思，食材沒了，暫時不接單，請回吧。」

阿爾法瞪大眼睛，「我明明看到他還在幫別的客人做蛋炒飯！」

「那是最後一份。」

「那就給我一杯清水，白開水也沒有嗎？」

陳霖實在趕不走這個傢伙，只能去倒了一杯開水過來，放在他面前時悄悄耳語道：「你最好不要惹事。」

「我可是守法公民。」阿爾法一臉無辜道。

陳霖看了他一眼，起身幫客人送炒飯去了。

唐恪辛在廚房內洗碗，陳霖忙著收拾碗筷，隨時回答客人的提問與要求。

阿爾法端著水，看著這兩人各自忙碌著，半晌，板著臉道：「無趣。」

等陳霖回過神來時，這個潛在的麻煩已經走了。

過了中午用餐高峰，客人們陸續離開，有個年輕女孩不好意思找唐恪辛搭訕，便來和陳霖說話。

「你好，我看你和廚師都好年輕呀，這間店是你們自己開的嗎？」

陳霖道：「是我們合資的。」

「你們就打算在這裡開小餐廳嗎，廚師……我是說老闆長得那麼好看，你也年輕，有沒有想過做別的工作？」

陳霖微笑：「廚師很適合他，這家餐廳很適合我們。客人您用餐還滿意嗎？」

「嗯，味道很好。」

「謝謝您的讚美，歡迎下次光臨。」

面對陳霖的微笑，女孩不好意思再多問，拉著同伴匆匆離開了。

臨走前，他還能聽見女孩們的小聲低語。

「好可惜呀。明明長那麼帥，都可以去做模特兒了，卻只在這裡開一家小餐廳。」

「開小餐廳有什麼不好？」

「不是不好，只是太平凡了，這裡只是一座小城市，我以後又不會一直待在這裡。」

「噢，原來妳在打老闆的主意啊！」

女孩們嘻笑著走遠，陳霖不置可否地一笑。

平凡嗎？

對世界充滿好奇、未來充滿可能的大學生，可能會覺得這種生活平淡了些，然而對於經歷過生死的「前幽靈」而言，這種平凡卻是一種不平凡。

這是他們珍貴的新生。

「打烊了。」唐恪辛道。

「糖糖」只營業到下午兩點，其餘時間休息。至於休息時間，老闆和服務生都在做些什麼……

「隊長！」

許佳在門外等候已久，見到兩人走出來，雀躍道：「我們今天接到了新任務啦！這次是個大case，賽文和老么要和我們一起合作呢！」

「什麼時候出發？」

陳霖看向唐恪辛。

唐恪辛回望他，微微勾起唇角。

「一起去？」

陳霖抿唇。

「好啊。」

「想想就很刺激呢！」許佳的笑聲遠遠傳開。

自黑夜中復甦的幽靈，今天依舊遊走在光影之間。

這次，他們不再是別人的傀儡和棋子，而是自己選擇，在平凡中體味那麼一點不凡。

真真切切地活著。

物事非，歡復新。

——番外〈歡復新〉完

高寶書版集團
gobooks.com.tw

輕世代 FW246
死而復生04(完)

作　　者　YY的劣跡
繪　　者　生鮮P
編　　輯　林紓平
校　　對　林思好
美術編輯　邱筱婷
排　　版　彭立瑋
企　　劃　姚懿庭

發 行 人　朱凱蕾
出　　版　英屬維京群島商高寶國際有限公司臺灣分公司
Global Group Holdings, Ltd.
地　　址　臺北市內湖區洲子街88號3樓
網　　址　www.gobooks.com.tw
電　　話　(02) 27992788
電　　郵　readers@gobooks.com.tw（讀者服務部）
pr@gobooks.com.tw（公關諮詢部）
傳　　真　出版部　(02) 27990909　行銷部 (02) 27993088
郵政劃撥　50404557
戶　　名　三日月書版股份有限公司
發　　行　三日月書版股份有限公司/Printed in Taiwan
初版日期　2017年9月
二刷日期　2019年5月

國家圖書館出版品預行編目(CIP)資料

死而復生 / YY的劣跡著.-- 初版. -- 臺北市：高寶國際, 2017.09-
冊；　公分. --

ISBN 978-986-361-438-8(第4冊：平裝)

857.7　　106007902

三日月書版

三日月書版

GOBOOKS
& SITAK
GROUP©

GOBOOKS
& SITAK
GROUP©